真假
荷蘭公主

文◇王文華　圖○徐至宏

審訂／國立故宮博物院院長 吳密察

目錄

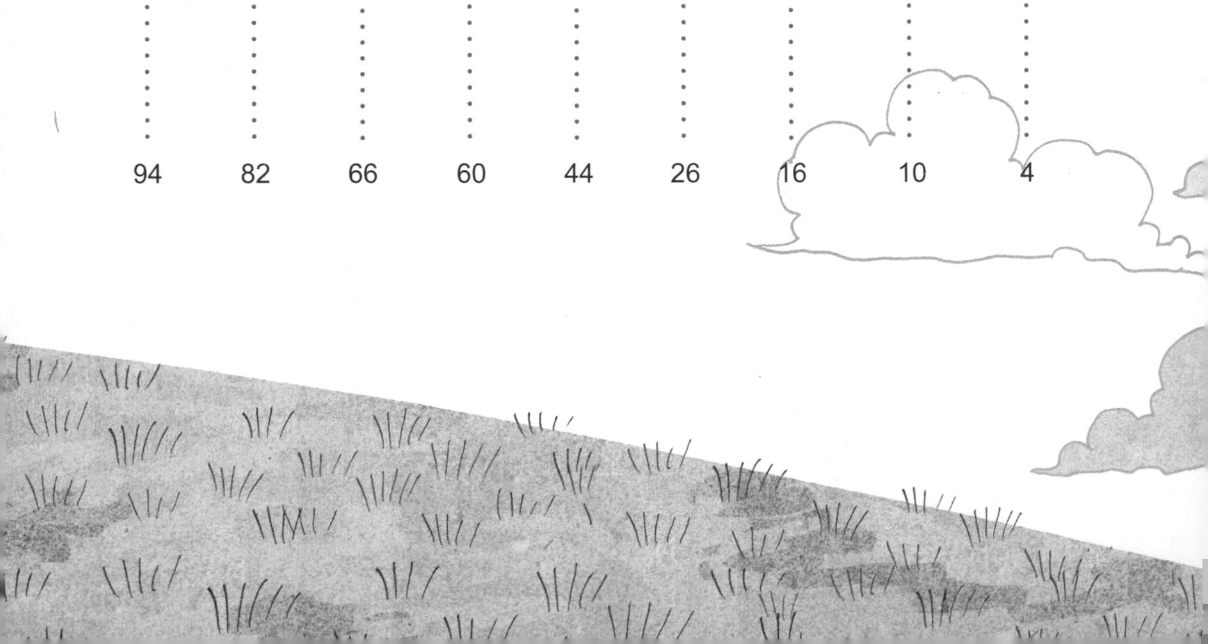

人物介紹

多娜老師

可能小學最神祕的老師之一。目前只知道她在羅馬尼亞修完碩士課程，研究的主題是德古拉爵士吸血時右邊第三顆牙齒神經傳達法門。或許在羅馬尼亞住太久，她說話有濃濃的外國腔；或許研究吸血鬼太久，她的皮膚蒼白，犬齒特別尖，和她說上三分鐘的話，就會打從心底冷了起來，而學生進入她管理的可能博物館，都會發生一段奇怪的事。

曾聰明

可能小學四年愛班學生，智商高到破表，體力極差，特愛網路、考試與嚴格的老師。因為可能小學不常考試，所以他很困擾，曾經連寫三十六封信給校長，提醒他該多多考試，最好把月考改成日考。校長答應他會列入考慮，這一考慮，就從一年級考慮到現在。

郝優雅

可能小學四年愛班學生。媽媽希望她能舉止優雅，特別為她取名郝優雅；沒想到她整天活蹦亂跳，從小跟著教有氧舞蹈的爸爸學攀岩，三年級考到救生員執照，四年級擁有高山嚮導證，立志要在二十歲前，爬完臺灣百岳，騎單車環遊全世界。

謝老樹

西拉雅新港社的頭目，少年時叫做謝小樹，長大了叫大樹，因為老了，所以叫做謝老樹。在謝大樹時期，荷蘭人抓他去幫忙建造熱蘭遮城。他深知城內所有地道，擁有荷蘭長官授與的權杖，有了這根鑲著銀片的權杖，他擁有呼風喚雨，變化萬千的魔法（以上是他自己的想像）；不過，他卻把權杖搞丟了，糟糕，要是被肥波哥知道……

三官
荷蘭時代的翻譯人才，會說日本話、荷蘭話、西班牙話以及臺灣島上大大小小原住民聚落的語言。他少年時曾經跟隨鄭芝龍當海盜，後來遠赴日本做生意。他是擁有冒險基因的漢人，穿梭在各國商人、官員與海盜之間，而且如魚得水，獲取最大的利益。

于氏三刀

于氏三刀精通武林各家各派的刀法，少林寺的禪刀、峨嵋派的戒刀、武當派的太極刀，甚至連青龍偃月刀的刀法，他們都能加以融合、利用、組織與再造，創造出專屬於于氏三刀的精妙刀工，成為海洋上各大海盜宴客與遠行時，必定重金禮聘的——總鋪師。

郭大爺

漢人農民領袖郭大爺，豪爽有膽識，家裡日日賓客盈門，這些客人全是大員的農夫，他們來這裡領種子、拿肥料、牽水牛和鋤頭，順便在郭大爺指導下，練習用鋤頭打降魔杖法，牽水牛練火牛攻城陣，暗暗準備給肥波哥一場措手不及的叛變。

肥波哥

在大員，小孩愛吵愛鬧嗎？你只要唸一句「肥波哥」，小孩的臉立刻嚇得青筍筍；攤販太多難管理嗎？喊一聲「肥波哥」，滿街小販霎時就躲得乾乾淨淨。他是荷蘭東印度公司派駐大員的長官，有一頭波浪般橘紅色的捲髮，直到有一天，郝優雅發現他的衣櫥，哇，這裡頭裝滿了各式各樣的——祕密呢。

楔子

在可能小學，沒有不可能的事。

這是可能小學的校訓，連幼幼班的孩子都知道。

這所學校不常考試，沒有回家功課，上什麼課，上幾節課，孩子們都可以提意見。

這種事怎麼有可能呢？

嘿，別忘了——在可能小學，沒有不可能的事。

可能小學的孩子，每天早上都是迫不及待的起床，迫不及待的吃早餐，迫不及待的搭捷運。

捷運列車開到動物園，他們會很有默契的望望下車的旅客，很有默契的笑一笑。

楔子

可能小學就快到了，只是一般人不知道。

也許你會說：「動物園站已經是終點站了呀？」

千真萬確，可能小學就在終點站的下一站。當捷運列車嘰的一聲煞了車，煞的一聲開了門，開了一聲道早安，小朋友就會急著解開數學校門的難題，歡呼著跑去上課。

什麼課這麼有趣？吸引孩子們眼巴巴的來？

嗯，以今天早上為例吧：有一班學生準備跟大象拔河，那是體育課。

有一班孩子被一頭黑熊帶去戶外攀岩，他們嘰嘰喳喳的討論該由什麼角度往上攻，哪條捷徑能最快抵達終點，那是物理課。

幾個孩子聽說留在糖代，想跟杜腐先生學寫詩；幾個孩子蹲在華特小姐身邊研究蒸汽機的構造。

還有個年級聚在綜合大樓前進行沙雕比賽。

「沙雕？可能小學有海灘？」也許你又要開始大驚小怪了。

沒錯喔，那是來自地中海的海水，來自地中海的貝殼沙灘。

前一陣子，綜合大樓前矗立著阿爾卑斯山，那幾天校長先生上班好麻煩，他得搭纜車進辦公室。幸好，下班簡單多了，只要套上雪橇，請校狗阿旺拉下山就行。

阿爾卑斯山在校園的期間，小朋友做過雪人換裝比賽，玩過冰雕，進行三天三夜的高山體驗營。

楔子

今天早上，可能小學移山倒海，湛藍的地中海，潔白的貝殼沙灘。幾隻阿爾卑斯山雪兔穿著比基尼，那模樣嚇跑三隻螃蟹。

螃蟹一溜煙跑進三樓的可能小學博物館。

乖乖隆得咚，可能小學博物館，光聽名字絕對可以想到：

萊特兄弟發明的第一架飛機與最新的太空載人小艇。

列隊成群的暴龍骨骼，組成比侏羅紀公園壯闊的場面。

外星人不小心掉落的飛碟，以及他們遺留下來的謎題。

還有——

埃及法老王的黃金面具？

張飛的丈八蛇矛？

博物課的多娜老師正在門口等著孩子們光臨。

她的皮膚很白，像是沒晒過陽光，看她一眼，就會讓人不由得打從心底冷了起來。

這會兒，她酷酷的靜靜站在門外，做出「請進」的動作。

四年級的小朋友歡呼著衝進博物館。

可能的孩子見慣種種不可能，但是當他們衝進博物館內，竟然不由自主的呆成復活節島的石像。

還有什麼事，能讓可能小學的孩子產生這麼劇烈的反應？

難道是靈異……

或是異形……

還是……

不好意思，你全猜錯了。

楔子

可能博物館空空蕩蕩，什麼都沒有。

說沒有也有點兒誇張，可能博物館裡有顆透明球，足足有三層樓高，走進可能博物館，就是走進這顆大球裡。

叫人好奇的是——不知道當年建築師是先蓋大樓再把球塞進去，還是先把球擺正了，外頭再蓋大樓？

然而把一顆球當成博物館，而且，什麼展覽品都沒放，這未免太誇張了，難怪小朋友發出不滿的聲浪。

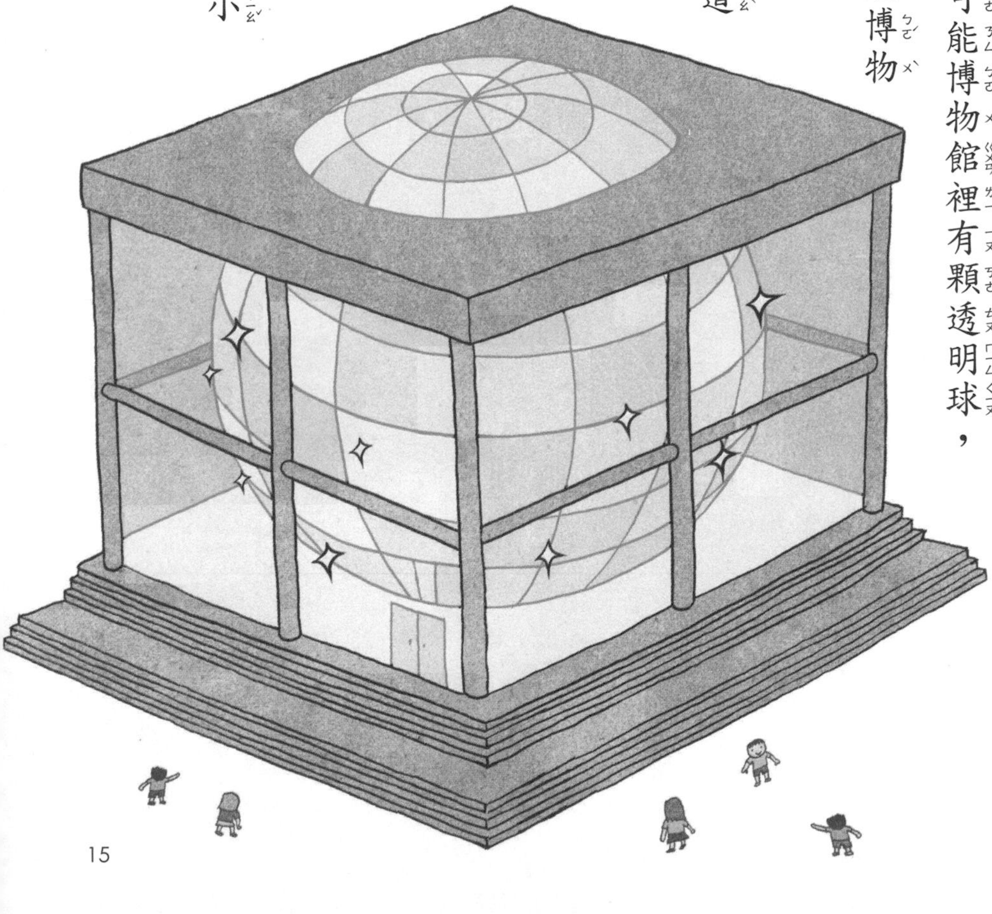

1 可能博物館

啪啪！

多娜老師關上門，拍拍手。

大頭耍寶似的問：「老師，什麼都沒有的博物館要上什麼課？」

多娜老師看著他，第一排的孩子發現，多娜老師的眼珠是藍色的，像最深最深的大海一樣藍；她的虎牙特別尖，像吸血鬼的獠牙。

「上課？我不上課，我只負責帶你們進來博物館。」

這是她第一次在孩子們面前開口。空氣好冷，四周好靜，原來，小朋友全閉上嘴巴，乖乖的，沒人敢亂動了。

真是奇怪，空無一物的博物館，長得像吸血鬼的老師，還有一堂不知道要上什麼的課？

「所以，沒有課本？」郝優雅問。為了配合今天的心情，她染了一頭猩紅色的頭髮來。

為什麼不是金色也不是銀色，郝優雅不會告訴你。

多娜老師搖搖頭。

「有作業嗎？」其他孩子問。

搖頭。

「要考試嗎？」

繼續搖頭。

「耶！」孩子們終於爆出一聲歡呼，勉強趕走冷空氣，回音在球體內蕩著。

但是也有孩子保持觀望，甚至退到

了門邊，例如曾聰明。

曾聰明喜歡嚴格的老師。他不止一次傳簡訊給校長，建議學校每學期至少要辦二十次月考，大家要按照分數編班級和座位。校長很客氣的說他會考慮看看，但是從曾聰明入學到現在，可能小學還是很少考試，很少出作業。

而今天，他竟然遇到一位完全不考試，根本沒課本，還有，回家也不必寫作業的老師？

他退到門邊，準備趁多娜老師不注意時開門出去——既然老師上課這麼隨便，他想回教室看自己的書。

多娜老師又拍了拍手。

球體內瞬間安靜，不可思議的是，四周也跟著暗了。

這是聲控的燈光嗎？

孩子們抬頭，不，不必抬頭看，燈光越來越暗，四周變成了黑夜。膽小的孩子互相拉著手彼此打氣，曾聰明沒人好拉，他急忙一退，恰好退到門邊，想拉門把，沒想到，門把上也有另一隻手。

「誰？」是郝優雅的聲音。

「我啦！」曾聰明連忙將手放開。

球體內出現一顆藍色的星球，那是地球，原來可能博物館

是個球體電影院哪！

他們在浩瀚的宇宙裡航行，就像坐在太空艙裡，螢幕上的星球越來越近，越來越巨大，轉眼進入大氣圈，衝破厚厚的雲層，底下是湛藍的大海，有座讓人熟悉的島嶼。

「臺灣！是臺灣耶！」小朋友高喊。

鏡頭更低了，海上有艘三桅帆船。船在海上前進，乘風破浪，紅髮碧眼的西洋水手指著前方，高聲大叫：

「福爾摩沙！」

球體內出現一段聲音：

「十六世紀是西方國家的大航海時代，來自葡萄牙的帆船在航經西太平洋時，發現臺灣島。水手們讚美臺灣是一座草木蒼翠、動物繁多的島嶼，於是把它命名為福爾摩沙——美麗之島的意思。」

鏡頭轉到島上，急速拉近。

數不盡的梅花鹿在芳草鮮美的岸邊奔跑，鏡頭往內陸移動，茂密的樹林望不到邊際，幾十棟茅草搭蓋的屋子下，出現少許人類活動的痕跡。背景的高山，峰峰相連，雲霧繚繞，最高的山峰，在藍天映襯下，白雪皚皚，那是——

「玉山。」多娜老師冷冷的說。

「看影片？還不如去逛動物園。」郝優雅覺得沒勁。

她說做就做，握著門把還不忘問曾聰明：

「你走不走？」

曾聰明惦記著他快看完的小說。「好，我

也想回教室去看書。」

拉開門，兩人同時閃了出去。

超時空報馬仔

臺灣本來只是一個轉口港

荷蘭以「荷蘭東印度公司」經營東方的貿易。荷蘭人占據臺灣後，一開始只把臺灣當成轉口港，負責把貨物銷往各地去。

香料是歐洲人東航的最原始目的，歐洲和中國人的需求量很大，荷蘭人把南洋生產的胡椒運到中國，換回中國的生絲和絲織品。日本對生絲有特別的喜好，於是荷蘭人再把生絲拿到日本，換了日本的白銀，再回南洋去買胡椒和香料。

一來一往，荷蘭人的收穫滿滿。

當年，從臺灣出去的船隻，向北到日本，向

17世紀以來，西方人陸續繪製了臺灣地圖。（圖片提供／小草藝術學院）

西到中國，南下直達越南、泰國到印尼，再到印度、伊朗或歐洲。這些地方的貨品也直接或間接運到臺灣，再行銷到有需求的地方。

歐洲人對中國瓷器有莫名的喜好，荷蘭人占有臺灣後，平均每年從中國輸出二十萬件的瓷器，其中絕大部分是經由臺灣轉運的。

為了更貼近客人喜好，荷蘭人在臺灣用木頭做模型，直接向中國的景德鎮下訂單！

不過，荷蘭人帶來的商業模式，不管是勞力或技術需求，臺灣的原住民都無法跟上他們的要求。荷蘭人開始鼓勵中國移民，從福建移入的漢人在西部平原開墾，種植稻米和甘蔗，白米與砂糖後來才逐漸變成東印度公司出口的兩大農產品。

臺灣當年生產的作物都成為國際市場的商品：白米價格高，就全力生產白米；砂糖需求多，公司就會指派農人改為生產砂糖。在當年，臺灣的農夫可是很早就國際化了呢！

2 謝老樹的藤杖

昏了頭？閃了眼？撞了邪？

走出門那一剎那，兩個人都有點兒暈眩。

暈眩來得快，去得急，再睜開眼睛，室外的光看起來很奇怪。

怪怪的感覺好像一下子，又好像很久，更怪的是——剛才明明就在博物館內，推開門，天哪，門外怎麼不見可能小學？

天藍得出奇，雲白得莫名，學校旁邊的山坡現在是原始樹林，自然大樓和科技館全都消、失、不、見、了！

他們倆呼吸急促，眼睛瞪得比牛大。

曾聰明揉揉眼睛，再揉揉眼睛，真的不見了。乾淨的天空，連一條電線都沒有，四周是茂密的叢林和比人高的草，水泥大樓全部不見了。

他們倆同時向後退，轉身想回可能博物館。

但是背後有棵茄冬樹擋著，進來的門、也、不、見、了。

「我在做夢，我在做夢！」郝優雅低頭，赫然發現自己和曾聰明換裝了，身上的衣服也不知道是哪一朝哪一代的。

「不是夢，這是學校的課程，3D立體投影課。」曾聰明摸摸樹幹，樹皮粗糙，鳥聲嘹亮，風中有新鮮花草的味道。

如果這是3D投影，那也太逼真了。

「這是可能小學的生態中心，在可能小學，什麼事都有可能，弄一座自然公園有什麼困難的？」曾聰明猜，「一定有解說牌和地圖。」

郝優雅爬到樹上，樹上的視野好，分枝夠高。曾聰明爬不上去，只好站在樹下替郝優雅擔心。

「別爬太高，小心摔下來。」

涼風輕輕吹，郝優雅坐在枝椏間，兩腳盪啊盪。遠遠近近全是茂密的樹林。不遠的地方有條溪，溪邊有條泥土小路蜿蜒向前，前方還有個村落，村裡幾十間竹牆小屋，屋子被架得高高的，茅草覆蓋當成屋頂。因為屋頂大，屋子小，從樹上望過去，就像一艘艘倒著的船。好多人在村落廣場上走動，看起來很熱鬧。

吹夠了風，郝優雅下到地面，樹下不知道什麼時候多了四個穿著古裝，模樣怪異的男人。

她忍不住問：「你們是在拍戲嗎？」

帶頭的男人對著郝優雅說了一長串的話。郝優雅精通英語、日語和客語，可是男人說什麼，她統統：

「聽攏嘸啦！」

「啊，姑娘說的是

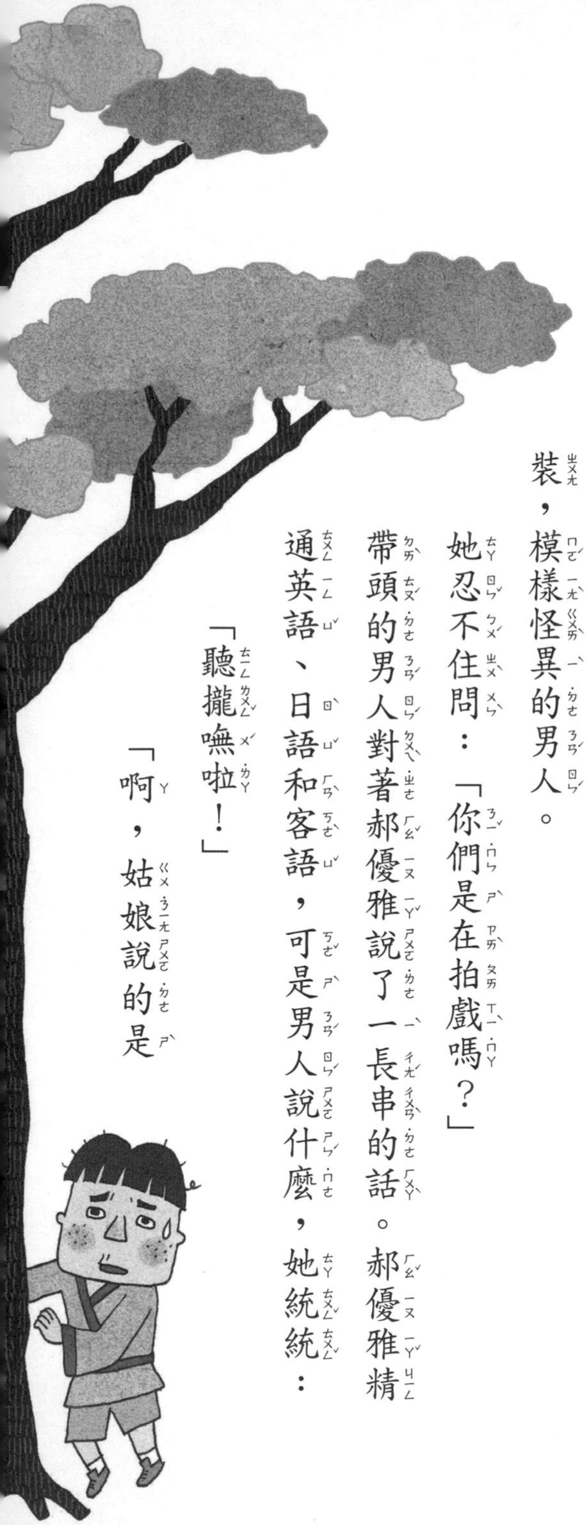

廈門話。」帶頭的男人叫做三官，他說話冷冷的，不帶感情那種，就像多娜老師。

「紅毛仔姑娘會講廈門話。」三官的話引得另外三人全笑了。

曾聰明去過紅毛城，記得這段歷史，難道他們來到荷蘭時期的臺灣？

「公子爺，要不要到西拉雅新港社看看，帶你的女伴來，很好玩的。」三官說。

「我不是他的女朋友。」郝優雅氣呼呼的。

「我也不是她的男朋友。」曾聰明也不想吃虧。

前方那座村落很乾淨，屋子、教堂和集會所都打掃得一塵不染。大人坐在屋簷下，抽菸聊天，幾十個孩子圍著牧師跑來跑去。

牧師假裝很生氣，作勢要把他們趕走。

牧師的話，曾聰明聽不懂，嘰哩呱啦的，不像英語，不像日語，是哪一種話呀？

郝優雅卻聽懂了。「他要孩子們去讀書。」

她不自覺的問起牧師從哪裡來，來這裡多久了。

牧師很驚訝，說他來了好幾年了，這裡孩子不好教，不愛讀書。

說到不愛讀書時，牧師恰好抓住一個年紀最小的男孩，把他舉高繞了個圈圈，放下來，又把他趕回去。

「去讀書。」牧師說。

「不要。」孩子們淘氣的說。原來討厭讀書並不是現代小孩的專利。

三官很好奇的問：「姑娘知曉紅毛仔話？」

「紅毛仔話？這……不是，這是外婆教媽媽，媽媽再教我的。我一直以為這是外婆家的話。」

外婆的話真好用，小孩子圍著她，邊說邊笑，郝優雅只會那幾句紅毛仔話，翻來覆去就是：回家、去讀書、好好玩、再見。

不過，這幾句就夠大家驚奇了。三個商人把曾聰明拉到旁邊問：

「你的女伴是紅毛仔公主嗎？」

「紅毛仔公主？不是，你們想太多了。」

曾聰明知道，紅毛仔就是荷蘭人，他想，恰北北的郝優雅如果是荷

蘭公主，那還得了？

部落裡的人家，現在都很忙，他們拉開大門，搶著把三官一行人拉進去。

屋子裡，有幾張鹿皮，曾聰明跟進去看熱鬧。

這戶人家的男主人很豪爽，聲音洪亮，說話時口水不停的往外飛。

「這隻鹿，我追了牠三天三夜。」三官負責幫忙翻譯，「至少要換三匹布。」

商人拚命砍價，在鹿皮上找缺點。「不行，你的箭在鹿皮上留下了痕跡，一匹布啦。」

「這麼少，是對戰士的侮辱。」

「再加上一點鹽巴，怎麼樣？」

男主人不肯，抬出獵槍來說：「壞人，你們是壞人，想騙我的鹿皮。」

「不不不，我們是大大的好人。」帶頭的商人長得胖，笑嘻嘻的拿出一大串琉璃珠。「我們是大好人，再送漂亮的珠子一串給你美麗的太太。」

看到珠子，大漢不生氣了，拉著自己的太太、媽媽和女兒，就在屋子裡手舞足蹈。

曾聽明偷偷問：「鹿皮又不能吃，賣給誰呢？」

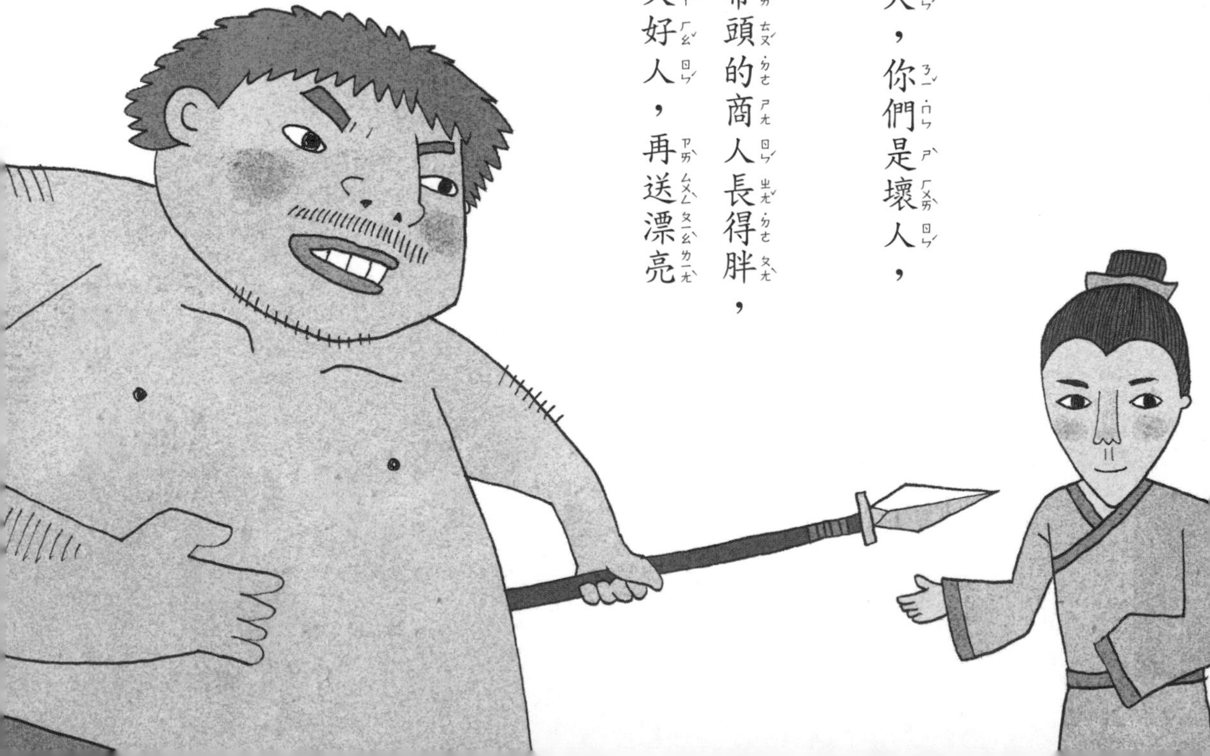

三官拍拍他的肩說：「小兄弟，東洋扶桑國的武士極愛大員鹿皮。把它加於盔甲或是弓箭把手上，可以增顯地位。運去扶桑，再多也不夠賣哩！」

曾聽明知道，東洋扶桑國就是日本。原來是日本人愛鹿皮，才會害梅花鹿大滅絕。

他們聊得正開心，集會所裡卻傳來一陣驚呼。

「肥波哥！」

「肥波哥！」

部落裡傳來一陣又一陣的尖叫，廣場上，好多人跪下來對天祈禱。

「是世界末日要來了嗎？」

會所裡，頭髮全白的老人全身顫抖，口中不斷的唸著肥波哥。

「那是咒語嗎？」曾聽明問。

三官聽了一下解釋道：

「謝老樹頭目找不著藤杖……紅毛長官授他藤杖，他因而當上頭目，村子方能保平安……然而今日，十大部落頭目開會日，藤杖卻遺失……謝老樹擔心肥波哥生氣，會派紅毛兵懲罰部落……」

曾聽明懂了，肥波哥是個人，還是荷蘭人的長官。只要提起他，部落裡的人都嚇得臉色「青筍筍」。

鹿皮交易暫停了。

三官說：「找不到藤杖，此事非同小可，眾人無心做買賣！」

藤杖不是食物，不會被野獸吃掉，三個商人自動幫忙。「找到趕快做生意，也沒幾棟屋子，一定找得到。」

商人們翻箱倒櫃，弄得屋子砰砰作響，卻還是找不到藤杖。胖胖的商人氣得把籮筐一踢，它就這麼穿過窗戶，飛到廣場，嚇得外頭的人驚叫連連。

曾聰明也想幫忙。

他沒看過藤杖，只能對著謝老樹比劃：「是這麼長嗎？」

謝老樹搖搖頭，意思是他比得太短了。

曾聰明比比屋子問：「有這麼長嗎？」

謝老樹搖搖頭，意思是他比得太長了。

曾聰明搔著頭再問：「那到底有多長？長什麼樣子呢？」

頭目站起來，比來比去解釋不清。

曾聰明只好指指竹林問：「跟竹子一樣粗？」

謝老樹搖搖頭，怒氣沖沖的走進屋子，怒氣沖沖的拿了根黃綠色的棍子出來。

「嘰哩咕哩哇啦啦……」謝老樹把那根棍子遞給曾聰明。

那根棍子大概跟謝老樹一樣高，上頭鑲著銀片，銀片上有VOC的字母，V字在中間，把O和C串起來。

曾聰明問：「藤杖長得像這根棍子？」

「然也，小兄弟，藤杖尋得了。」三官笑著說。

「這根棍子是藤杖？」

三官點點頭。

「哈哈哈，你自己找到藤杖了。」曾聰明拉著謝老樹的手，快樂的跳著。

謝老樹剛開始還莫名其妙，不知道曾聰明在笑什麼，等他又看了一眼藤杖後，他終於發現，藤杖找到了！

「嘰哩咕哩哇啦啦……」謝老樹拉著他說話。

「別客氣啦，是你自己找到的呀。」雖然聽不懂謝老樹的話，但是，他卻明白頭目的意思。

「嘰哩咕哩哇啦啦……」謝老樹歡天喜地的。

「我妹妹也常常丟掉東西，我都會叫她拿來給我看看，這一招常常都有效。」

「嘰哩咕哩哇啦啦……」

頭目滿是皺紋的臉上，綻開的笑容比花還美。

陽光很溫暖，和風很舒服，有這麼一瞬間，曾聰明還真想留在這裡當個西拉雅人呢。

我把全村都包下來啦

荷蘭人在大員設立熱蘭遮城後，一開始只做轉口貿易，轉口貿易穩定後，荷蘭人也把目光轉向臺灣島上豐富的物產。

荷蘭人在臺灣殖民時，有各式各樣的稅收項目，例如對漢人開徵人頭稅，收取收穫量的十分之一當稅金。

最特別的是，荷蘭人還開創一種名為「**贌**」的稅制，把漁產、捕鹿與原住民的村社都劃分成幾大區域，讓承包者競標。

以捕烏魚的贌港制為例：每年冬天，大量的烏魚洄游至臺灣海峽附近產卵時，遠從福建而來的漁夫就會跟著烏魚前來捕魚。荷蘭人便對烏魚與烏魚子出口徵稅，並且以公開競標的方法將徵稅工作發包，這就是「**贌港**」。

港的競標者必須預估烏魚的收穫量，以及市場價格的變動。萬一烏魚價格或漁獲量少於預期，贌港的承包商不僅沒有利潤可得，還得蒙受損失。

漢人如果要到原住民村社做生意，也必須申請許可證。許可證採公開競標制，得標者就是這個村社的承包人，他可以進入原住民的村社買鹿皮、鹿肉，同時又可以出售帶去的鹽、布料與鐵鍋等日用品給原住民。這就是贌社制度，荷蘭人獲得高額稅收，漢人承擔風險，被剝削最嚴重的卻是原住民。

漢人對於荷蘭時代和後來陸續來臺灣的外國人印象不是很好，於是建廟的工匠靈機一動決定讓外國人彎腰扛著屋頂，表示對他們的不滿。（圖片提供／吳梅瑛）

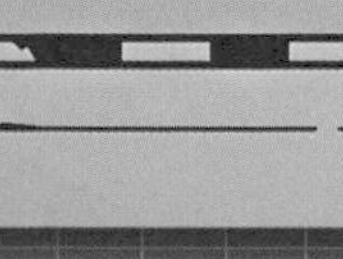

平埔南霸天——西拉雅

荷蘭時代，西拉雅是臺灣南部原住民裡勢力最強的族群，他們主要生活在嘉南平原一帶。與荷蘭人接觸最多的主要有四社：新港社、目加溜社、蕭壠社、麻豆社。

西拉雅人用竹子和茅草來蓋屋子，屋外種椰子，屋邊也有水井，是個自給自足的莊園。他們要種稻之前會先放火燒掉林地，再用灰燼做肥料，然後播種等待收割。

收成的稻穀有的拿來釀酒，宴會時擺個大酒罈，大家用竹筒盛酒暢飲，唱歌跳舞。村子裡有事要商量，那就到公廨（會所）去，只要是全村要討論的事，都會到公廨去解決。

西拉雅社會裡，主要的家事由女性負責；西拉雅的男人負責打仗，和鄰近部落有糾紛，大家就會事先約好時間、地點，再上場征戰。要是你能割到一個敵人首級回來，就會成為眾人眼中的英雄。

打完仗，第二天一切就雲淡風清了，怨恨不再，是不是很有風度？

西拉雅人雖然住在臺灣島上，但是他們不會泛舟，害怕大海，即使要捕魚，也只敢到溪裡抓取。臺灣當年有很多鹿，獵鹿是他們生計的主要來源，打獵時要大家分工，共同圍獵，得到的獵物再全社共同分享。

最特別的是西拉雅人不喜歡吃雞，認為雞會給人報警，看到漢人吃雞，還會覺得噁心而嘔吐。

西拉雅人對年長者十分尊敬，作物收割後到播種之前，如果在路上遇見長者，少年人還會背對道路禮讓長者。他們認為如果不這樣做的話，上天會不保佑、神明會不降福，農作也會連年歉收。

現在西拉雅人的阿立祖信仰，會在壺裡面盛裝具有祖先靈力的清水，將祭品放在香蕉葉上，有糯米餅、檳榔、香菸等等。（圖片提供／張淑卿）

3 大員第一輛公車

一隻蚱蜢跳過廣場，幾隻鳥在屋頂上叫，曾聰明推開謝老樹遞來的菸斗說：「我十歲，不抽菸，你也別抽菸，小心肺癌。」

天很藍，空氣很乾淨，四周好像……太安靜了。

村落的人現在不賣鹿皮了，蹲在家門口，無所事事的晒太陽。

殺價砍價的聲音停了，買鹿皮的商人不見了。

怪怪的，曾聰明腦裡有個大鐘，噹噹噹的響著。

「郝優雅，你在哪裡？」他喊，沒人回答。回頭看看牧師，牧師兩手一攤。

一個五、六歲大的孩子跑過來，又急又快的喊了一通。

「我聽不懂。」

溝通，有時只要比手畫腳就能懂，有時，還是說話比較快：

「你看到她了？她去哪裡了？」

那孩子被他搖得都快哭了。

三官把孩子拉過去，好聲好氣的問。

小孩子擦擦眼淚，嘰哩咕哩的又比又說。

「小兄弟，與你同行的女伴被他們抓走了。」三官說。

「他們？」曾聽明依然不懂。

「剛才那三個商人。」

「為什麼？他們不是和你一起來的嗎？」他急了。

即使事情緊急，三官也不慌。「那些人應該是賊，而且是海賊。大員海賊多如貓毛，此等賊人，勢大時搶，搶不到就偷，若偷不著，那時才用買的。」

「可是他們不買鹿皮，抓凶巴巴的郝優雅做什麼？」

「此中詳情，吾亦不知，吾乃翻譯兼當買辦，被邀來工作。」

現在怎麼辦呢？他和郝優雅莫名其妙跑來這個奇怪的時代，她又被海盜抓走了。

謝老樹拍拍他，咕哩咕哩說個不停，他大概懂意思，應該是：「別著急，他們跑不遠，我陪你去找人。」

老頭目拿起藤杖，吆喝幾聲，部落的男人紛紛回屋子裡拿出長矛、獵槍和弓箭，彼此喊著，像示威，更像打氣。幾十個戰士謹慎的走進雜草覆蓋的小路。

曾聰明跟上，藍天寬闊，雲朵低垂，他追出一小段路，兩隻老鷹在空中盤旋，四野看不見人影。

「郝優雅！」他喊，心裡好害怕。

一隻大手，用力的拍了拍他的肩膀。

是謝老樹。他笑著看看曾聰明，笑容裡有讓人安心的力量。

「嘰哩咕哩哇啦啦。」後頭跟來的三官翻譯：

「頭目邀你同赴頭目會議！」

「可是我同學怎麼辦？」

「別慌，此時有番人的勇士幫你找，稍停來到油車行村，我再幫你尋漢人朋友協助。放心，大員沒有你想像中的大，找個姑娘還不成問題。」

曾聰明還是不放心，腳步不知不覺的快了起來。

他跑，謝老樹也跑。

老頭目不簡單，不管曾聰明跑多快，他都不疾不徐的跟著，神情輕鬆愉快，像是要去戶外郊遊嘛！

他們跑了一陣，一直沒有見到三官。

曾聰明以為他跑不動，跟不上了；沒想到又跑了一陣，三官駕著牛車從後頭追上來。

「由此到油車行村，還是坐大員公車快。」

「公車？」這明明就是牛車呀。

「是公牛拉的車。」三官笑嘻嘻的說，「和母牛不同款，貴客一試便知。」

「公車」的車輪是兩片圓圓的大木板，走在路上喀哩喀啦的，路面坎坷，公車沒有避震器，喀哩喀啦一下，曾聰明的屁股就得狠狠的被牛車撞一下，撞呀撞呀撞得他屁股都快開花了。

路邊雜草開著黃色小花，出了樹林，開始有零星的田地，田邊種著茂密的刺竹當圍牆。三官低聲告訴他，這種刺竹能防盜，還能防番人出草。

「請他們幫忙鋤草，有什麼不好？」曾聰明不懂。

「是番人出草，不是鋤草，有時獵鹿，有時……」三官在脖子上一抹，「獵人。」

番人出草？喔，天哪，他在書上讀過，原住民有這種習俗，會砍下人頭，有的還會把人的頭髮做成槍上的裝飾……

樹林裡風聲颯颯，曾聰明只覺脖子涼颼颼，好像那些戰士……

「別擔心，你幫謝老樹找到藤杖，是他的大恩人，他們的戰士不會將你出草啦！」

「原來……剛才的人……出草……」

頭皮發麻，腳底發涼，謝老樹衝著他笑了一笑，害他差點兒跌到牛車下。

部落外圍草地多，稻田少，一小塊一小塊散布在其間，也種了一些甘蔗，數量不多。海在右邊，山在左邊，被雲霧圍繞的一定是中央山脈，曾聰明猜這裡是嘉南平原。

再仔細看看，在田裡工作的農人多了，但是牛卻很少。

三官說牛很珍貴，牠們被人從澎湖帶進來，而這輛公車的牛卻是——

「野牛，麻煩戰士朋友上山捕獲的。」三官笑著說。

牛拉著「公車」往前走，遇到溪水就直接涉溪。車輪高，不怕溪水弄溼衣服。

曾聽明發現，原住民部落有婦女，但是一路以來……

「怎麼都沒看見漢人的姑娘，連歐巴桑都沒見到？」

「來大員，要過黑水溝，風大浪急，冒生命危險，所以來這裡的人，不是強盜就是商人、工匠和耕種農地的農夫……」他指著前方聚落說：「油車行村到了，我帶你找頭人郭大爺，請他幫你找人。」

油車行村，是個漢人聚居的地方。

「這裡請！」

三官推開一道木造大門，進入一個寬大的院子。

這個院子明顯比其他屋子來得好：磚造的牆，紅色的瓦，院裡堆滿農具。

院子裡好多人在說話，嗡嗡嗡的。人群發現他們，聲音停了，有個紅臉大漢盯著他們。

原來他就是三官口中的郭大爺，這裡的頭人。

「郭大爺，介紹兩個新朋友。」三官把老頭目和曾聰明推出去。

「新港社的老頭目和曾少爺，曾少爺的女伴被人綁走了。」

超時空報馬仔

頭目，開會嘍

荷蘭人統治臺灣時，一方面派傳教士傳播基督教，一方面用武力鎮壓臺灣原住民的反抗。

荷蘭的傳教士為了順利傳教，除了努力學習原住民語言，也教導原住民使用羅馬字母拼寫自己的語言，這些文字被稱為「新港文」，是臺灣原住民首次使用文字書寫。

遇到不願歸順的原住民，荷蘭人就會搬出火槍和大炮。原住民雖然打不過荷蘭人，但是他們熟悉地形，人數也比荷蘭人多，讓荷蘭人傷透了腦筋。

為了打勝仗，荷蘭人會利用不同部落間的差異，鼓勵順服的部落，協同作戰，一起攻打不願順從的部落。有了火槍和大炮，外加了解地形地物的原住民幫忙，荷蘭人還是花了十多年才完全掌握臺灣平地的原住民。

被荷蘭人征服的原住民，他們會獻上檳榔和椰子樹苗，象徵奉獻與服從；荷蘭的臺灣長官則會給他們一根藤杖，象徵他們成為荷蘭的臣民。

這根藤杖上刻有ＶＯＣ字樣，荷蘭東印度公司給了誰，誰就擁有管理一個村社的權力；然而權力既然是公司所給，公司當然也能收回。為了不讓公司收回，權杖的擁有者，就必須永遠臣服於公司，聽從公司的安排。

每一年，公司還會召集各村的頭目到大員來，確保他們對公司忠誠，公司也會聽聽他們的需求，按照該年表現，給予獎勵或處罰。

據說現在某些部落還保有那樣的權杖，當作該部落傳承的象徵呢。

荷蘭東印度公司的標誌示意圖

荷蘭人引進臺灣的……

荷蘭人為了增加農業生產，特別從澎湖引進黃牛到臺灣，他們也鼓勵原住民圍捕野牛，將野牛馴養成耕牛。

從此，牛成為臺灣農家最重要的家畜，除了耕田，所有粗重的事，例如載糖、軋甘蔗等，幾乎都靠牛來做。此後，牛車成為臺灣最主要的交通工具。牛對臺灣的貢獻太大，很多老一輩的農人都不忍心吃牛肉，一直到日治時代，日本人才把牛排這種西洋玩意兒引進臺灣。

除了牛，今天我們在臺灣很多常見的蔬菜與水果，也有很多是荷蘭人引進的喔。像是釋迦，荷蘭人把它引進來栽種時，因為它的幼果看起來像荔枝，又是從「番邦」引進，所以叫做「番荔枝」。

芒果從印度出發、蓮霧來自爪哇群島、番茄產於南美洲，也都是經過荷蘭人的船運，千里迢迢帶到臺灣，又經過一代代農人的種植改良，今日的臺灣，才能獲得「水果王國」的美譽。

另外，像是玉米、番薯與荷蘭豆（四季豆）這些臺灣人習以為常的作物，也經由荷蘭人引進臺灣。說來，還真得給荷蘭人記上一筆功勞呢。

日治時期的肥料廣告。香蕉、鳳梨、地瓜等蔬果，
已是當時臺灣遠近馳名的特色農產品。
（圖片提供／小草藝術學院）

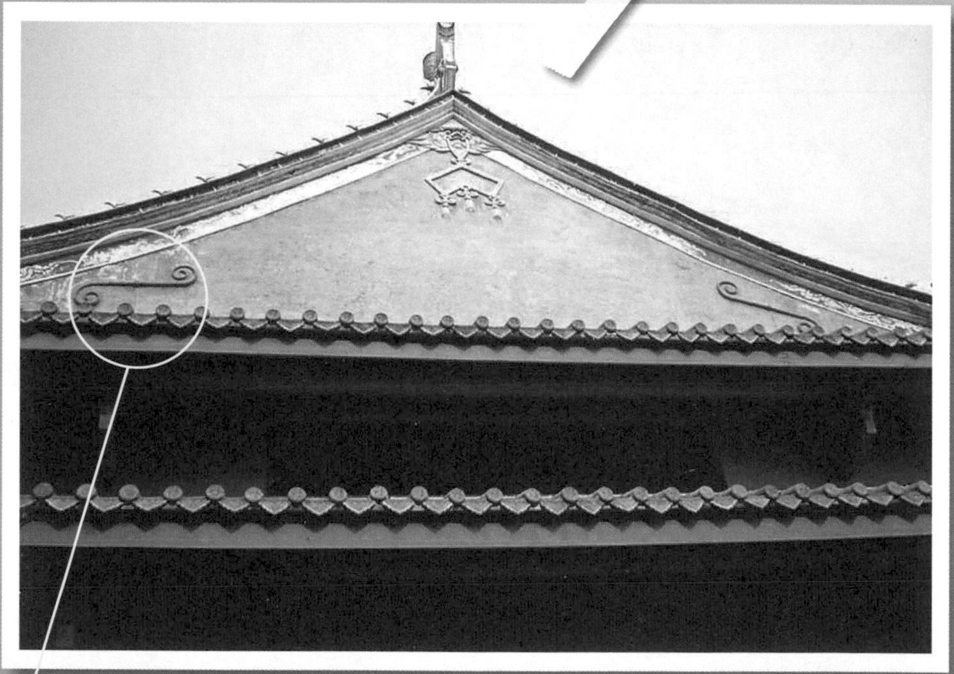

兩頭捲起的鐵剪刀，據傳是荷蘭人留下來的建築技術，臺南的老建築牆壁上常常可看到這種做法。（圖片提供／吳梅瑛）

來來來，來臺灣

徵求農戶的消息一出，飽受明末戰亂的中國百姓，成群結隊的湧到荷蘭東印度公司報名。他們受夠戰爭，只想遠離家園，希望在臺灣能另起爐灶。

荷蘭人占領臺灣前，臺灣島上除了原住民，還有少數的漢人。這些漢人可能是海賊，也有些是來臺灣做生意的商人，或隨著季節來臺捕烏魚的漁民；大家只把臺灣當成謀生的場所，並沒有長期定居的打算。

直到荷蘭人治臺後，發現臺灣的土地肥沃，稻子一年可以成熟二到三次。來自中國沿海的農民，尤其福建南部最多，他們有的是泉州人、有的是漳州人，

急徵

赴臺農夫，名額不限（越多越好）

本公司擁有大片荒地，

歡迎賢人君子前來開墾。

報名者可享免費船票，公司提供種子、

牛隻和耕種工具，機會眾多，

速到各地招募人員處報到即可。

臺灣人吃烏魚的歷史久遠，至今烏魚子仍是臺灣人過年時桌上必備的上等佳餚。（圖片提供／吳梅瑛）

常用通行於福建南部的廈門話互相溝通。他們工作勤奮，生產的蔗糖和白米品質好，產量年年提高，全被荷蘭人外銷到日本，深獲日本人喜愛。

有了漢人的幫助，荷蘭公司的獲利增加了：有了漢人的開墾，公司的農田變大了。

在公司的眼裡，漢人就像牛一樣，任勞任怨，所以，一頭牛要多剝幾層皮。除了要他們繳出收入的十分之一（十一稅）外，還增加了人頭稅、村社貿易稅、稻作稅、漁業稅、宰豬稅、衡量稅等。

你知道嗎

我們現在常說的「閩南話」是很晚近才使用的詞，中國一直到約西元二〇〇〇年才承認這種用詞。清末西洋傳教士曾經編《廈門音字典》，成為臺灣長老教會的重要資產。

4 于氏三刀

曾聰明到油車行村時，郝優雅也被帶到一艘小船上。三個商人，不對，剛才是商人，現在是綁匪，也不對，看他們的樣子更像海盜。

胖胖的于頭是大哥，高高的叫于杜，最後一個皮膚白，說叫于志，不愛講話。

「若是說起于氏三刀，江湖上無人不知，哪個不曉。」胖子于頭說話時，口水直噴，說到得意的地方，比手畫腳的像說書。

「沒錯，少林雙刀，武當太極刀和精武門八卦刀……」于杜邊划著船邊說，他雙手青筋畢露，臂力一定很強。

「這些什麼刀哇劍的，三位大俠都會？」郝優雅很好奇。

胖子于頭大喝一聲：「不只會，還會把它們融合在一起。」

「哇，那一定打遍天下無敵手嘍？」

于頭搖搖頭：「不是，是煮遍天下無敵手。」

「煮？于氏三刀？」

「是魚吃三道。」

胖子于頭解釋道：

「砂鍋燉鰱魚頭、虱目魚肚湯和香蒜碳烤烏魚子，三道好吃的魚料理，融合各地各派菜系的精華。」

「說了半天，你們是廚師嘛，難怪又是魚頭、魚肚和魚子？」

于杜有話要說：「我們是廚師，也在海上做一些生意，我們原本跟著鄭芝龍大人打韃子。」

于頭說：「鄭大人最愛吃砂鍋燉鰱魚頭。」

「後來他投降韃子，我們的新老闆變成國姓爺。」

「國姓爺愛嚐虱目魚肚湯。」于杜很得意，「只要我煮的，加上大員的鹹糜，國姓爺一餐吃三碗。」

「哇，失敬失敬。」郝優雅學著他們的口氣。「不知道三位請我上船做什麼？」

于頭發出一陣可怕的笑聲：「當然是抓你去跟肥波哥換賞銀。」

「我？我能換銀子？」

「沒錯，一個會說廈門話的紅毛仔公主，絕對值很多很多很多的銀子。」胖子于頭很開心。

「不止不止。」後頭划船的于杜笑得更誇張，「紅毛仔公主身分高，換一船黃金也不為過。」

郝優雅提醒他們：「我不是荷蘭公主，肥波哥不會付半毛錢。」

「有了黃金開酒樓，店名就叫做『魚吃三道豪華大酒樓』，從此，退隱江湖了，對不對，于志？」胖子于頭還在做夢。

于志臉色好難看，于頭連叫他三聲，他卻突然轉頭朝著水面「哇噁」了一聲，吐了！

「他……他怎麼了？」郝優雅問。

「我……暈船。」

「海盜會暈船？」郝優雅大聲尖叫：「好噁心，哎呀，你吐的東西漂過來了，天哪！」

郝優雅這一叫，船上更混亂了，伴隨她的叫聲，連于頭也在狂吼。

「不要……不要搖，船快翻了！」

胖子于頭哀號著：「人家不會游泳啦。」

什麼，海盜不會游泳？

郝優雅覺得又好氣又好笑。三個海盜綁架她，又會暈船又是旱鴨子，接下來呢？這三個活寶，一個趴在船邊奄奄一息，一個抱著船舷痛苦哀號，只剩下于杜抓著槳不知如何是好。

郝優雅反應快，先在左邊跳一跳，又到右邊跳一跳。這一跳，果然比海盜

船還要海盜船，東盪高來西降低，胖子重心高，被船這麼一盪一拋，噗通一聲，跌到海裡去啦！

于志趴在船舷拚命的吐，噗通又一聲，他也下水了。

划船的于杜愣住了，該救人？還是先抓住這個滿腦鬼主意的恐怖小女生？

郝優雅的食指輕輕指著水面說：「于頭不會游泳，他快淹死嘍。」

那動作多麼優雅，情形卻多麼的緊急，于頭雙手亂揮，連救命都喊不出來了。

于杜瞪了她一眼，轉身，下水救人。

熱鬧的船上，這會兒只剩她，她拿起槳就開始划。

不過，天地悠悠，海面寬闊，該往哪兒划呀？

5 荷蘭公主搶奪戰

「郭大爺，大事不妙。」

一個農夫跑進來大喊：「魚吃三道抓到紅毛仔公主，說要帶她去找肥波哥要賞金。」

曾聽明一聽就知道，他們說的是郝優雅。

院子裡，霎時變成一鍋滾燙的粥，吵吵雜雜：

「那三個海賊廚師？」

「怎麼會有紅毛仔公主？」

還有人喊著：

「把她搶回來當押寨夫人哪。」

眾人發出一陣狂笑，笑聲中，有個尖尖細細的聲音說：

「我們又不是山賊，怎麼當押寨夫人？」

郭大爺揮揮手，連屋簷上的麻雀都閉嘴了。

「紅毛仔公主被抓了？」郭大爺聲音有點沙啞。

「不，她不是荷蘭公主。」曾聰明大叫，引來大家的眼光。

他激動的解釋：「她是我的同伴，不是紅毛人，更不是公主。」

郭大爺看看三官。

三官點點頭說：「最近有傳言一則，說是紅毛仔公主搭的船在瑯橋擱淺，下落不明。我一路留意訊息，媽祖婆保佑，今早在新港社遇到這個紅髮公主。」

曾聰明瞠目結舌。

「她的頭髮是今天早上染的，她真的不是紅毛仔公主啦！」

三官問：「那她怎麼能和紅毛牧師說話？」

「那是她外婆教的呀！」

「不管是不是，此女子絕對與紅毛人關係匪淺。」

「把她搶來跟肥波哥談判，要求他取消人頭稅！」

更多的人同聲喊著：

「肥波哥敢不答應，我們就轟轟烈烈開打啦！」

「開打啦！」

「我們漢人比紅毛仔多了數十倍，一人出一拳，把紅毛仔打到海裡餵鯊魚。」

三官反對：「此事只可智取，不可冒進，先把紅毛仔公主搶過來再從長計議。」

「怕死的是豬頭。」郭大爺說：「諸位朋友，我們自唐山過大員，只為安身立命，在大員謀一口飯吃。如今，荷蘭來的肥波哥欺壓漢人，稅金比牛毛還要多，稅賦比打狗山還要重。今天，國姓爺要帶兵來打紅毛仔……」

眾人喊著：「是國姓爺，太好了。」

「媽祖婆保佑，我們有救了！」

曾聰明知道，他們說的國姓爺就是鄭成功，那他真的是回到四百年前的臺灣嘍？

郭大爺很得意的說：「我們只要搶到紅毛仔公主，幫國姓爺打紅毛仔，反清復明，成功有望。」

現場喜氣洋洋，人們振臂狂呼：

「反清復明，成功有望！」

「反清復明，成功有望！」

「應該是反荷復明，或是反紅毛復明吧？」曾聰明頭腦清楚。

沒人注意他，現場進入嘉年華式的操演中。

三十六位農夫打扮的人，手裡拿著竹竿表演峨嵋棍法。

喝～呀！殺殺！喝～呀！

七十二個農夫，高舉鋤頭演練少林伏魔鋤，這群人有老有小，隊伍不是很整齊。

還有十八個大漢，他們嘴唸武當刀訣，手持菜刀，邊比劃邊唸咒的樣子，倒像是茅山道士作法……

曾聰明疑惑的問：「這些人是……」

三官低聲回答：「反清復明郭家軍。」

曾聰明搖搖頭。「你們瘋了，想用竹竿、鋤頭和菜刀去對抗荷蘭人的火槍和大炮？」

雖然對這些人沒有什麼信心，為了救回郝優雅，曾聰明還是跟著反清復明郭家軍跳上牛車。

喝喝！他們瘋狂的吆喝，催促牛隻快跑前進。

太陽很大很毒很熱，曾聰明的屁股很痛。

這種牛車跑起來簡直比一級方程式賽車還要瘋狂。他緊緊抱著車上木柱，才沒有被顛出去。

兩旁不斷呼嘯而過的是草地、農田、原始樹林、蔗田和草地……

直到前面出現一道狹長的街道，三官這才讓牛隻減慢速度。

他看看曾聰明，像個導遊介紹：「到了，到了，當今大員第一街，繁華熱鬧的赤崁街。」

赤崁街不大，頂多只容一輛牛車通過，六輛牛車排一列，想快也快不起來。

泥土路面上兩條土狗追大豬，大豬前面有公雞散步，母鴨逛街；凌亂的小販，滿地的垃圾，味道也不好聞。

「這……這是……」

「赤崁街，是不是名不虛傳哪？」三官得意極了。

曾聰明低聲嘆氣：「夜市也比這裡好玩。」

這真是奇怪的朝代，陌生又

熟悉的地方。

碼頭邊有艘帆船剛靠岸，下來不少男人，他們扛著行李，帶著大油傘，東張西望，看起來很擔心的樣子。

三官告訴曾聰明：「紅毛仔去唐山招人來大員當農夫，他們提供種子、鋤頭；也可以來這裡捕梅花鹿。只要按時納稅，無論多少人，紅毛仔都歡迎，大員地廣人稀呀。」

謝老樹跳下牛車，興高采烈的拉著曾聰明去逛街，反正牛車也走不快。

謝老樹指指右邊，右邊有幾家米鋪，幾家打鐵店。

謝老樹跑進左邊的小酒館。曾聰明想救人，好不容易掙脫謝老樹的手，跳上牛車。

那家酒館的布招隨風飄動，幾個看起來像喝醉的客人坐在路邊，紅著臉瞪著曾聰明。

牛車到了大街中央，荷蘭士兵把人全攔下來，說了一串話。

三官拿出一張單子給他們看，他們才放行。

「紅毛人抽人頭稅！」三官解釋：「紅毛仔稅金越抽越重，以前的人只要繳捕魚稅、打獵稅，現在動腦筋到人的身上，每個人都要，誰也逃不掉。」

牛車到了街尾，這裡有座城，荷蘭士兵站在門外，黑黝黝的炮管朝向大海。

「這座城堡叫普羅民遮城，漢人把伊喚做赤崁城。」三官伸手指著隔海相望的大城，「對面那座是熱蘭遮城，紅毛仔長官的住所，城旁邊是大員街。」

曾聰明知道，熱蘭遮城就是臺南的安平古堡，但是臺南中間怎麼有片大海？

是因為滄海桑田，把大海變成陸地？還是時空錯亂，朝代和地理全弄亂了？

看他表情這麼複雜，三官以為他擔心郝優雅便安慰他：「莫煩憂，反清復明郭家軍有小船，我們划船去救你同伴吧！」

十八艘小船出發，十八艘船的水手，同時吆喝，真是讓人感動。

嘿喝，嘿喝，嘿嘿喝。

嘿喝，嘿喝，嘿嘿喝。

曾聰明看了很興奮，也想划划看，郭大爺卻不答應：「你，你細皮嫩肉，划不動。」

唉，真是讓人洩氣的說法。

嘿喝，嘿喝，嘿嘿喝。

三官說這裡是內海，真正的大海在熱蘭遮城的外面。

「那三個海賊會把紅毛仔公主送去熱蘭遮城。」

「說了很多次，郝優雅是我同學。」

他有點不耐煩，用手遮著陽光。海天交接，熱蘭遮城在前，他在一片白茫茫的海上，看見一艘黑色的小船。

船上的紅髮小女生賣力划船，三個男人落在海裡，像一串魚丸，用手緊緊搭在船尾。

曾聰明用手擋著陽光，凝神觀察，仔細再看，沒錯，紅髮小女生就是郝優雅！

她不時扛起槳，朝著船尾比劃一番，好像在恐嚇那幾個男人。

「快，快快，是她！」曾聰明急忙大叫。

十八艘小船划得更快。

船尾的男人想爬上船，小女生用槳敲他們的手，男人換手再爬。

「我們快過去救她呀！」他喊著。

另一個男人游到側邊，準備從船頭爬上去。

郝優雅想把船頭的人推下去，槳卻被拉住，船尾的男人趁機把一個胖胖的男人拉上船……

這麼危險的時候，十八艘小船竟然停下來，不但停了，還全都一起掉頭。

「快划呀！」他催促，划船的水手聳聳肩。

「為什麼不救人？」曾聰明簡直要瘋了。

郭大爺指指熱蘭遮城說：「小兄弟，你自己看吧！」

三艘單桅的帆船逼過來了。

帆船上有好多個穿著荷蘭制服的士兵，士兵的槍正冷冷的對著他們，揮手要他們把船開回去。

「回轉去赤崁街再想別的方法！」三官安慰他。

這會兒，荷蘭船放下繩梯，郝優雅被推著爬上繩梯。

她爬上船時，回頭看了一眼，曾聰明朝著她大喊：「我會回來救你的。」

距離那麼遠，不知道她聽到了沒有；但是怎麼救她，他一點把握也沒有。

船到赤崁碼頭，謝老樹蹲在碼頭邊，快活的抽著旱菸。

三官看看他，搔搔頭，突然笑著說他想到辦法了。

超時空報馬仔

台江內海

去臺南市玩過嗎？尤其是赤崁樓。

站在赤崁樓前，眼前即是車水馬龍的現代街道。很難想像的是，如果時光倒退四百年，在荷蘭時代，你眼前的街道即是海。

隔海相望，是一連串南北排列的沙洲，這片沙洲和本島圍成一片潟湖海域，當地人把它叫做「台江內海」。

熱蘭遮城所在的沙洲，叫做一鯤鯓，鯤鯓其實就是沙洲的意思。荷蘭時代，這條沙洲全長有十三點九公里，寬約一點四公里，而熱蘭遮城就在最北端的大鯤鯓。從大鯤鯓往南，依次是二鯤鯓、三鯤鯓……到七鯤鯓。

七鯤鯓與臺灣本島雖有一水之隔，但退潮時，甚至可以涉水而過呢。這片水域，號稱可泊千舟，各國的人想要做生意，都會到這裡來。

隔著台江內海另一端的陸地，是漢人主要聚居的地方——赤崁，荷蘭時代就開闢了廣大的農場。

這片海域一碰上颱風，颱風帶來洪水，洪水在河流上游引發土石流，土石在下游的台江內海堆積產生淤塞。

再加上沿海的居民在台江內海附近的土地種植番薯和番茄，也有人在這裡開闢魚塭。這些開發使得台江內海的地貌變遷加速。

天災與人為開發，讓台江內海與臺南市相連；滄海桑田，昔日的內海成了今日繁華的街道，唯一能辨識當年的景物，如今唯有安平古堡（熱蘭遮城）和赤崁樓（普羅民遮城）了。

6 公主駕到

上了船，于頭、于杜和于志雖然全身溼答答，心情卻好得不得了。

他們不斷對著荷蘭士兵喊：「她、她是公主，紅毛仔國的公主。」

「公主？」

「荷蘭公主？」這下連荷蘭船上的翻譯官都張大了嘴巴。

水手、伙伕圍著郝優雅，討好似的發出嘿呼呼的聲音；粗魯的士兵拉著她的頭髮，被一個帥到不行的軍官喝退。

郝優雅搖頭說：「不是，我不是公主。」

不過，講一百遍也沒用，于頭搶先跪下大喊：「參見公主！」

咚咚咚，船上的水手、伙伕和士兵也跟著單膝下跪。

「參見公主！」

「公主！」

哇！整艘船熱鬧極了，魚吃三道不忘邀功：「是我們找到公主的，賞銀要給我們喔。」

搖頭沒有用，士兵拉著她的小手親吻。

退後沒有用，後頭也有水手搶著想跟她問安。

郝優雅猜不透，她怎麼會變成公主了？

難道，這是「可能任務」裡，她被設定好的身分，要在四百年前的臺灣演公主？

對！就是這麼回事，她要扮演公主。一想到當公主，她望向越來越近的碼頭，腦中開始想像：

等會兒，船一到岸，會有人用鮮花鋪滿地面。

數不清的人群，爭相跟她揮手，期待她回眸一笑。

當然當然，地上的紅地毯會一路鋪到熱蘭遮城。

「哎呀，我要先揮手微笑？還是先微笑揮手？」

這個創下可能小學四年級鐵人三項紀錄的小女生，開始煩惱了起來。

船靠岸，碼頭停著一輛馬車。軍官小心翼翼的扶著她，把她當成瓷娃娃般對待。要是帥帥的軍官知道，這個如真包換的公主，不但會鐵人三項，還會攀岩和潛水，不知道會怎樣？

馬蹄輕快，噠噠經過大員街。紅磚頭鋪成的街道平整又乾淨，夕陽西下，街邊也點起煤油路燈，街上的商鋪、倉庫、醫院及教堂裡燈火通明，街上多的是紅髮碧眼白皮膚的西洋人，也有些黑人和漢人在搬東西。

熱蘭遮城在街道盡頭，一共有三層，紅白藍相間的旗子在城堡上空飄揚，城牆角落有炮口，瞄準不同的方向。

馬車才停好，有支七人樂隊立刻吹奏起來。

士兵列成兩行，士兵後頭有成群的婦女和小孩，她們緊緊盯著郝優雅，盯得她有點兒害羞。

郝優雅從小就看不慣扭捏作態的女生，但是現在——她陶醉在被人簇擁的光環裡。

嘰哩咕哩……

咕哩咕哩……

嘰哩嘰哩……

人們低聲的交談，她聽不太懂，但是她會猜，那一定是說：

「天哪，沒想到能在大員見到公主！」

「她好可愛喔。」

「她好有教養喔。」

哈哈哈，郝優雅不自覺的笑了起來。

她的運動神經發達，常爬到樹上讓幼兒園老師追；打躲避球時，大家都想跟她同一組，看她把敵人殺得落花流水。

郝媽媽最常唸她：「坐要有坐相，站要有站相，別忘了……」

「你是女生！」媽媽的話，她都會背了。

她最好的朋友都是男生，比較常聽到的評語都是：如果再文雅些，那就太好了。

現在，郝優雅真想大笑幾聲，絕對讓他們看得目瞪口呆。

大門前，有個又矮又胖的男人等著她。郝優雅接近時才發現，他一身紅色禮服上，掛滿了大大小小的勳章，簡直是棵活動的耶誕樹嘛！

「公主，喔，我的公主。」

耶誕樹搶著開門，搶著親吻她的手背。「公主，我們的公主。」圍觀的人們報以瘋狂的掌聲。

胖耶誕樹用朗讀的音調，很肉麻的說：「我是肥波哥，歡迎你。」

「肥波哥？」這個人是肥波哥？

耶誕樹誇張的點頭大笑，下巴還不斷的抖哇抖的。

肥波哥拉著郝優雅進入熱蘭遮城。

他的話很多，一邊走一邊說，兩片肥肥的嘴脣快速的張張合合，口水像煙火一樣往外噴。

他說話非常快，郝優雅聽不懂，不過，微笑是世界共通語言，她不斷的微笑，不斷的點頭，頭還要上下左右的稍稍移動，才能閃過肥波哥噴出來的口水飛彈。

幸好，這段艱辛的旅程，終於在她爬到三樓時告一段落。

他們走進一間寬闊的宴會廳。

三層的水晶燈，鋪著雪白餐巾的長桌，幾朵嬌豔的鮮花插在瓶裡，牆上掛著一男一女的肖像畫，男的是個大鬍子。

「喔！偉大的國王！」肥波哥對著油畫彎腰行禮，「今天很高興在這裡接待您的公主。」

如果鬍子男是國王，那麼另一邊的女人，肯定是皇后嘍。

郝優雅覺得，皇后乍看之下好像外婆，尖尖的鼻子尤其像。

「請轉告國王陛下，肥波哥工作認真，照顧海外……」

又來了，肥波哥再度轟炸郝優雅的耳朵。

他不斷表明自己多忠於皇室，多熱心工作，這幾年來做了多少事，要郝優雅回國遇到她爸爸，也就是荷蘭國王的時候，一定要為他多多美言幾句。

當然，以上多半是郝優雅從他激動的手勢和熱情的聲音裡猜出來的。

「敬國王、皇后與公主。」肥波哥塞給她一杯酒。

「喝酒？」

宴會廳裡的人跟著把酒杯舉高，齊聲說：

「敬國王、皇后與公主。」

「小孩可以喝酒嗎？」她結結巴巴的問。

肥波哥哈哈大笑：「不是酒，是可可亞，印第安人的可可亞。」

這句話她聽得懂，四百年前的可可亞好香好濃，自從來到四百年前的臺灣，她還沒吃過東西呢！

最佳環保獎——熱蘭遮城

荷蘭人在澎湖吃了兩度敗仗，退到臺灣，決心建立一個根據地，於是拆掉澎湖的城堡，將磚石運到臺南一鯤鯓附近，建立了「熱蘭遮城」(Zeelandia)。

熱蘭遮城分為「內城」和「外城」兩個部分：

方形的「內城」有三層，最下層是倉庫，地上兩層則有長官公署、瞭望臺、教堂等設施，城上懸掛荷蘭國旗。

「外城」房舍林立，多為商店、住宅、醫院等。當年的外城就像一個國際性的商務中心。漢人、原住民、荷蘭人、日本人都會在城內尋找商機。小販也想發財，他們在這裡出售蔗糖、鹿皮、瓷器、胡椒甚至軍火，熱鬧極了。

熱蘭遮城屬於西式的堡壘，規模宏偉壯觀。城內的房舍、營堡高低錯落，層次分明，各樓層之間有樓梯相通；城的周圍和角落分布著菱形和半圓形的堡壘，放置巨炮，防備敵人。

一六六二年，鄭成功趕走荷蘭人，一六八三年清軍打敗鄭家軍，歷史不斷的演變，這座城也漸漸退出歷史舞臺。

後來，這座拆自澎湖城牆建造的城堡，到了一八七四年，沈葆楨也把它拆掉，把磚石運到二鯤鯓，建了「億載金城」的炮臺，用來防止日本人侵臺。說熱蘭遮城是最環保的城池還真不為過呢。

想看熱蘭遮城遺址，現在可到臺南安平古堡，那裡還留有好幾段磚牆，見證這段歷史。

荷蘭人當年在澎湖所建城堡，位置在風櫃尾蛇頭山。（圖片提供／吳梅瑛）

多年前挖掘出的熱蘭遮城磚牆，就在一般人家的房屋旁邊。（圖片提供／吳梅瑛）

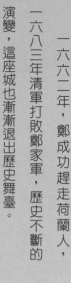

7 十族大會

鼓聲咚咚咚咚，宴會廳裡一陣歡呼，大家都搶著跑到外頭。對面的赤崁街，燃起一堆堆篝火。

郝優雅被肥波哥牽著手，搭上船，來到赤崁，天已經快黑了。赤崁城前的廣場，架起十幾座帳蓬，海天交接處還有點彩霞餘光，城堡上空，早起的星星已經出現。

數十支火把讓四周通亮，肥波哥現身，鼓聲停止，穿著各自傳統衣服的平埔族人高聲喊著：「肥波哥！肥波哥！」

簡直像皇帝出巡。

肥波哥微點著頭，半瞇著眼，等了半晌才揮手讓呼聲停止，他回頭找到郝優雅，牽起她的手說：「公主，荷蘭公主。」

各個不同部落的人，七嘴八舌講著完全聽不懂的話。

「地方會議開始。」肥波哥說：「請拿出你們的藤杖！」

廣場上有平埔人，有漢人，有荷蘭人，每句話都要翻譯，幾乎是個小型聯合國在開會。十大頭目手裡果然都有一根藤杖。

郝優雅也看見謝老樹。她偷偷跟謝老樹眨眨眼，不過，謝老樹目不轉睛，根本沒看她；倒是謝老樹旁邊有個年輕小夥子，不斷朝她點頭、搖頭和比手勢。

「真是個無禮的傢伙！」這是她第一個想法，「我是公主耶，你是誰呀？」

不過，她又想到：「難道我長得太美了，美得連平埔少年都……」

她半生氣半高興，在座位上胡思亂想，典禮進行些什麼她也沒注意看。開完會，開始歌舞表演，十大頭目輪流過來找她喝酒。

「公主，新港社的頭目來敬酒。」翻譯官說。

「虎尾社的頭目向偉大的公主致意！」

郝優雅輕輕舉杯，把杯子靠近嘴唇，輕輕抿一下，喔喔，當公主太好玩了。

場上的音樂變了，又換了一族的人上去跳舞。

他們的衣服有點兒眼熟，仔細看，啊，是謝老樹的族人嘛。

鼓聲輕快，竹笛飛揚，他們跳的舞很整齊。

不對，是大部分的人都整齊，只有個男孩老是踩錯舞步、轉錯邊，還撞倒一整排的舞者。

簡直是歡樂大爆笑的現場秀。

郝優雅想把手機拿出來拍，貼上網絕對是點閱率第一名；但是她掏了半天才想到，不對呀，四百年前的大員，怎麼會有手機呢？

男孩這會兒踩到一個婦人的腳，還把人家的項鍊扯下來，珠子滾了一地，引起哄堂大笑。他想跟上隊伍，人家已經在跳排舞了，他跟上時又跌了個四腳朝天。

肥波哥笑岔了氣，臉漲得好紅。

郝優雅急忙拍拍他的背，這才讓他喘過氣來。

「我要把他留下來當弄臣。」肥波哥說：「大員的生活太悶了。」

「弄臣？」她不懂。

「就是小丑哇，或是把他帶去荷蘭，送給國王好不好？」

「這……嗯……」她考慮了一下，她不是真的公主耶，如果真的帶一個年輕人去荷蘭……

廣場上鼓聲突然停了。

入口處有點混亂，肥波哥問：「怎麼了？」

有個溼淋淋的小女孩，一頭紅色的頭髮，身穿大紅的禮服，她正在破口大罵：「肥波哥呢？肥波哥呢？叫他過來！」

「是誰？這麼無禮？」肥波哥氣得全身肥肉亂顫。

四周的耳語如波浪般傳來。

「她說她是公主。」

「怎麼又有一個公主？」

「兩個公主？我的天哪！」

紅毛公主在臺灣

臺灣曾被荷蘭人統治，那麼有沒有荷蘭的公主或王子來過臺灣呢？

在臺灣的南部有個傳說，說是在西元一六三〇年到一六六一年間，曾經有一艘荷蘭籍的船載著瑪格麗特公主行經現在的墾丁附近，卻很不幸的遇到颱風，船隻因而擱淺。但是擱淺在哪裡呢？目前比較為人所相信的是在墾丁的沙灘上。

船擱淺後，船上的人點火希望獲得協助，不料卻遭到鄰近山區的原住民襲擊，最後連瑪格麗特公主也不能倖免。原住民在沙灘上撿到了荷蘭木鞋、絲綢頭巾、珍珠項鍊、寶石戒指、寶石耳墜、皮箱、羽毛鋼筆以及紙張當作戰利品帶回部落，也因為這八項物品，這位荷蘭公主就被臺灣居民稱為八寶公主。

這個傳說故事在歷史文獻上沒有記載，而是在三百年後的日治時期才開始在地方流傳，並逐漸形成現在的說法，人們此後在墾丁的海灘上蓋了一間荷蘭公主廟。儘管公主的傳說無法考據，但這故事反應出臺灣的原住民對於突然闖入自己土地的外人，感到好奇，或是不安、警戒。鄭成功取臺時，中部

的原住民大甲社也對鄭軍隊採取抵抗的態度。直到清末，原住民對於外人的態度仍然沒有改變，例如一八七四年時的牡丹社事件，起因就是琉球國王因船難漂流到恆春時遭到原住民殺害。

民間留存著臺灣曾被荷蘭人統治的痕跡。圖為臺南廟宇穿著漢人傳統武服的荷蘭人門神。（圖片提供／張淑卿）

8 真假公主

肥波哥想弄清楚發生什麼事。

他回頭想找郝優雅，卻看見郝優雅被那位搞笑的少年拉著走。

「公主私奔？」他想，「還是公主被綁票？」

一想到公主被綁票，那還得了，肥波哥正想派士兵救公主，胖胖的耳朵卻被人扯著。

「哎呀！」他痛得大叫。

「肥波哥，我掉到海裡，你怎麼沒來救我？」

肥波哥瞄了一眼，是剛才那個溼公主。

「我……我……」肥波哥想解釋，溼公主卻說個不停，就在幾百個士兵、頭目面前開罵。

而郝優雅手被拉著，人跑得飛快，一口氣從廣場跑進赤崁城裡。

平埔少年嘰哩咕哩的邊跑邊說話。

「他該不會是想跟我求婚吧？」她在長得像迷宮的走廊裡邊跑邊猜。

「答應？還是拒絕？」她不自覺放慢腳步。

「請你幫幫忙，跑快一點行不行呀？」

咦？平埔少年會說中文？

「郭大爺要殺過來了，郝優雅，快跑！」

這少年不但會說中文，還知道她叫郝優雅。

「你是誰呀？」郝優雅問。

少年停下腳步，用袖子把臉上的油彩擦掉。

「你糊塗啦？我是曾聰明啊！」

郝優雅的荷蘭公主夢全醒了。她仔細看了看，方方正正的大臉，果然是她的同學——曾聰明。

「你怎麼會來這裡呀？」

「是我叫他變裝的。」三官跟在後面跑過來，旁邊還有個老人，是謝老樹！

「這是怎麼回事？」她不懂卻很開心。

三官帶他們爬到赤崁樓上頭，這裡可以看得遠。

「你自己看！」

對面的熱蘭遮城，戰船正在轉向，數不清的荷蘭士兵全副武裝，表情沉默而且堅定。

現場氣氛殺氣騰騰！

郝優雅不由自主退了半步。

「這……這是怎麼回事？」

城下傳來肥波哥的聲音：「讓我向大家介紹，荷蘭東印度公司，最勇敢的軍隊。」

肥波哥手一揮，幾個士兵放出幾聲槍響，像個暗號，對面的船同時點上煤油燈，燈火通明。

肥波哥猙獰的吼著：「他們馬上就要殺向油車行村，把漢人全都殺光！」

郝優雅大叫：「不！我用公主的身分命令你，馬上取消，取消，取消攻擊——」

「哈哈哈，對面的郭懷一想造反，你卻叫我不能出擊？」

三官好生氣，口氣還是冷冷的：「漢人造反，全怪你，是你稅金收太重，逼得漢人走投無路。」

肥波哥酷酷的說：「對公司來說，誰能幫公司賺錢最重要。番人是綿羊，只要給他們草吃，他們就會提供羊毛；漢人是牛，不好管教，我得用鞭子打，打得越用力，公司的收穫就越多！」

「你把人當成牛羊？」三官快氣炸了。

「只要能幫公司賺錢，他們就是牛。」

「牛也會生氣！」

「生氣？漢人用石頭、地瓜還是菜刀來表示生氣呀？」

「不行，我是公主，」郝優雅決定用傲慢的方式對付傲慢的人，「我以公主的身分，命令你取消稅金，和漢人和平相處。」

「你？」肥波哥笑了，笑得好誇張，「你是公主？哈哈哈，你什麼也不是！」

肥波哥的笑聲，讓曾聰明想起童話故事裡的巫婆，恐怖、陰森森。

海峽的風，也是冷冷的。

「你是假公主。」肥波哥身邊有個全身溼答答的女孩說：「我才是真正的瑪格麗特公主。」

「抓起來，統統抓起來。」肥波哥激動的指揮士兵。

遠方的天空，火光突起，那麼遠，卻彷彿能聽見炮聲。

「看吧，郭懷一真的造反了。你們別跑，我先抓你們去地牢，等我打完勝仗，再跟各位好好聊聊。」

士兵衝過來，咚咚咚咚的，曾聰明的雙腿發軟，要不是郝優雅拉著他，他一定跑不動了。

八月十五的密謀

曾經有個傳說，敘述元帝國時代，蒙古人統治中國，因為殘暴不仁，當時的漢人就在月餅裡放入小紙條，寫著「八月十五殺韃子」作為聯絡的暗號。八月十五中秋節，家家戶戶吃月餅，拿起手邊的武器，齊心推翻元帝國，建立了明帝國。

在臺灣，也曾有人選在八月十五日，密謀推翻荷蘭人的統治。

時間是一六五二年。

主謀就是住在臺南永康油車行村附近的郭懷一。他是當地的農民領袖，深感農夫被荷蘭人無理的壓榨，決定挺身而出，宣稱鄭成功的軍隊即將攻進臺灣，他們準備裡應外合。一時間，竟然有一萬多人呼應他的號召，原來大家都受夠紅毛人的欺負了。

沒想到的是，郭懷一的結拜兄弟，竟然向荷蘭長官密告。郭懷一發現事情已經曝光，只能提早行動，農民們在他的帶領下，很快就占領了普羅民遮城。

然而，台江內海對岸的熱蘭遮城城高牆厚，加上擁有火炮和長槍，起義農民們的竹竿和鋤頭根本不是士兵的對手；再加上荷蘭長官派出原住民協同作戰，讓起義軍腹背受敵，事件只持續十四天就落幕了，郭懷一和數千人部下，全遭荷蘭人殺害。

當年的熱蘭遮城，就是現在的安平古堡。（圖片提供／吳梅瑛）

9 老樹挖的老地道

城堡內所有的門都建得很小，窗戶是內寬外窄的形狀，大概是為了便於防守。

追兵跑得急，走道裡腳步回聲大，偶爾傳來一陣轟隆隆的炮響，炮聲聽起來不遠。

他們跑得氣喘吁吁，老頭目還有空邊跑邊說話，說了又說，三官要他慢慢說，別急。

「……肥波哥要他們的戰士去攻打郭大爺。」

「嘰哩咕哩！」

他們好像在吵架。

三官說：「我要他們的戰士別去打仗，趕跑紅毛人，郭大爺會好好對待他們。他不相信，說漢人除了我們以外，都是壞人，他們的戰士早就出發了。」

「嘰哩咕哩哇啦啦……」

「他說大家有緣才能再見面，他沒辦法制止戰爭，因為紅毛人的槍炮很厲害。」

「嘰哩咕哩哇啦啦……」

「他說他想唱首歌，紀念這個時刻。」

郝優雅說：「我沒心情聽歌。」

曾聰明點頭：「我要聽歌，如果歌聲好聽的話。」

老頭目開始唱歌。

一首雄壯的歌，可以振奮士氣，讓人產生希望。一首優美的歌，可以讓人回想過去，擁有勇氣。老頭目的歌，又雄壯又優美。

優美得讓郝優雅想起：爸爸、媽媽，他們總是要她在最壞的時候，做最好的準備。

雄壯得讓曾聰明想起：今天早上他還背著書包上學，他相信自己最後還是能背著書包回家。

至於三官，心裡一直有個祕密，他決定現在把它說出來：「我的真實身分是國姓爺的密探，可惜大事未成，如果在這裡被抓住，就幫不了國姓爺的忙。」

「國姓爺要攻打這裡？」

「不，還早。他現在正與清國人在南京打仗，抽不出兵力來，但是國姓爺很注意大員的動靜。」他對郝優雅說：「可惜你不是公主，如果是，你就能幫忙救郭大爺那邊的人了。」

謝老樹在歌聲裡笑，那樣子根本不悲傷，拉著曾聰明，比手畫腳的，嘰哩咕哩的又說了好長一串話。

「怎麼回事？」曾聰明說：「我聽不懂！」

三官過來安撫他：「稍停，莫急，待我聽仔細……」

「嘰哩咕哩哇啦啦……」

「幾年前，他還年輕，彼時叫謝大樹，被紅毛人抓來建赤崁城。」

「嘰哩咕哩哇啦啦……」

「就在這附近，有一條祕密通道……」三官越聽越興奮，「……直通港口。如果能脫身，便能趕回去，通知郭大爺，讓大家趕快跑，國姓爺不會來。」

老頭目用藤杖在牆上輕輕的敲，他們屏著氣，凝神靜聽，時間都過了二、三十年，誰知道紅毛人有沒有把地道堵起來。

老頭目敲敲敲，再敲敲敲，敲到牆角邊，咦，連曾聰明都聽出來，聲音悶悶的。他興奮得想大叫，郝優雅手快，摀住他的嘴巴。

三官蹲下去，用力撬下一塊磚頭，後頭，出現一個黑不溜丟的洞。

洞裡雖然黑，卻有股冷空氣徐徐的流出來，鹹鹹的，

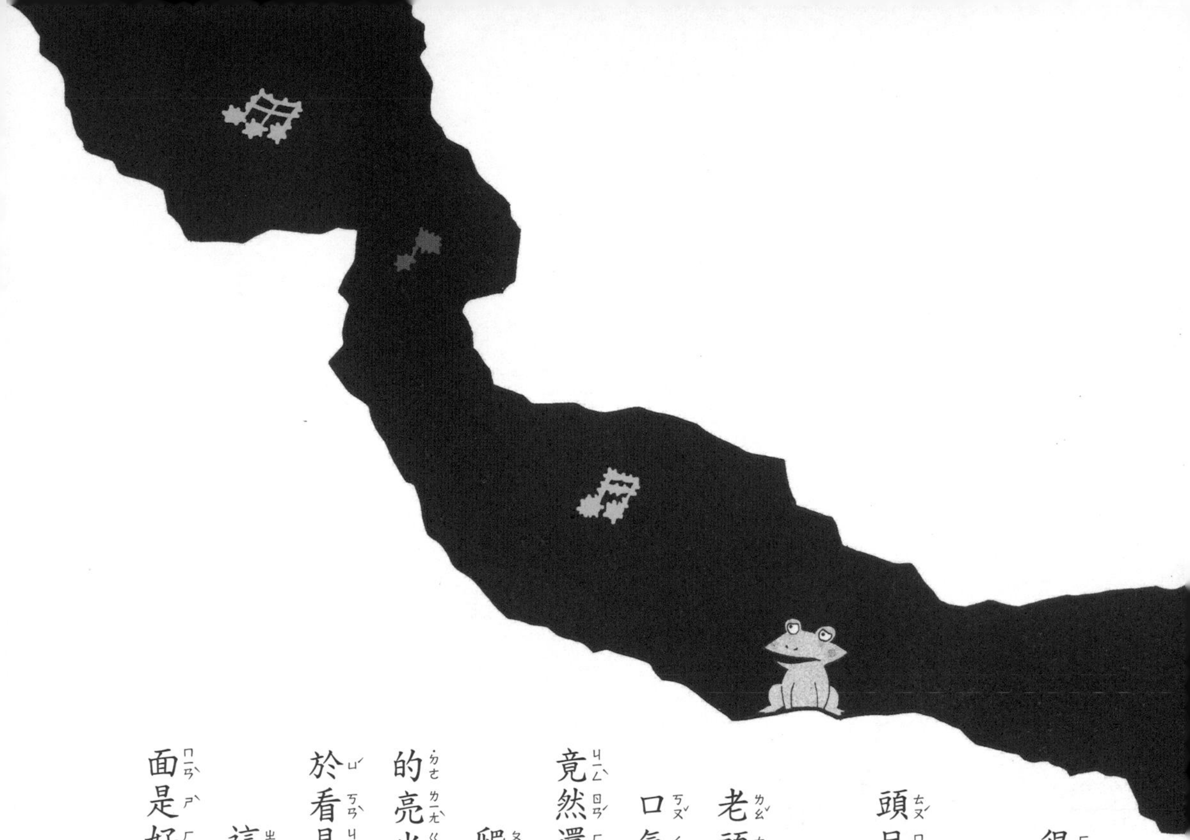

很新鮮，充滿了大海的氣息。

「跟我來。」三官想往裡衝，老頭目搖搖手，意思是他先走。

地道分成好多條，遇到分岔點，老頭目有時停下，有時前進，有時一口氣爬過去。這麼多年前的記憶，他竟然還記得這麼清楚。

爬呀爬，爬呀爬，前面出現橘紅色的亮光。他們慢慢向前，輕手慢腳，終於看見出口。

這是個壁爐，出口用鐵柵欄圍著，外面是好大的房間，有豪華的桌椅和櫥櫃。

有一個人站在房間中央，背對著他們，露出又肥又粗的毛毛腿。

毛毛腿在打著拍子，毛毛腿的主人在唱歌。如果老頭目唱的歌讓人產生希望，那這個人殺豬般的鬼叫，會讓人恨不得把頭撞在牆上。

「啊，索啦喔！

索啦喔！

索拉喔——」

他唱到激動處，竟然跳起來，轉身面對壁爐。

天哪，那人只穿一件寬鬆的大內褲！

郝優雅急忙把頭轉過去；眼尖的曾聰明卻發現，那個人竟然是肥波哥！

肥波哥也看見他們啦。他的嘴巴張得很大，同時還從喉嚨裡發出一陣洪亮的喊叫聲。

「抓……抓人，他們在這裡啦！」

曾聰明雖然聽不懂荷蘭話，但是肥波哥話裡的意思，他用猜的也猜得出來。

普羅民遮城

荷蘭人治理臺灣期間，大員的商貿繁榮，在臺灣的漢人、洋人都多了，很快就在熱蘭遮城對面建了一條「普羅民遮街」。這條街全長大約有三百公尺，據說可容許六部馬車並行，沿途布滿了醫院、倉庫和外國移民生活所需的歐式街道。

普羅民遮城就在普羅民遮街上，當時的人把它叫做「紅毛樓」。據說建城之時，磚瓦都是從英商東印度公司運來，唯獨沒帶石灰，荷蘭人就以臺灣盛產的蔗糖加水，和上糯米汁、牡蠣灰（三合土）而砌成。

完工的普羅民遮城為四方形的城體，裡頭有地窖貯存

近拍紅毛土。

糧食與飲水，上面有一棟磚房，東北與西南方都有凸出的「稜堡」，稜堡四角設置瞭望亭，背山面海，與熱蘭遮城遙相對望，控制了台江內海。

荷蘭人相信，有這麼堅固的城堡，臺灣必能成為荷蘭人永久的根據地。他們沒想到的是，荷蘭人在臺三十八年，就被鄭成功打敗，普羅民遮城更名為「承天府」。

熱蘭遮城未攻破前，鄭成功把這裡當成自己的住所，後來又成為治理全臺的「承天府署」。

之後，這座城樓隨著歷史的演變歷經滄桑，先有朱一貴之亂，後又碰上地震，城樓坍塌。清治時期重修，到了日治時期，它搖身一變，成了醫院。

現在這裡被列為國定古蹟，值得去走走，感受一下滄海桑田、幾經更迭的歷史感！

赤崁樓現在的面貌是清代重修過的建築。

赤崁樓邊緣還保留了一小段普羅民遮城的城

（圖片提供／吳梅瑛）

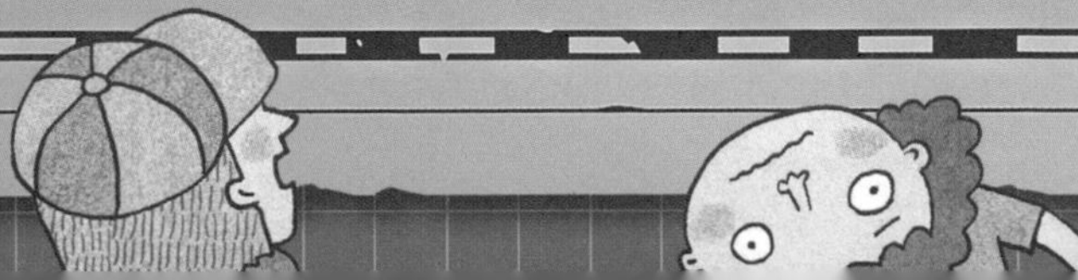

10 你怎麼來了？

爬呀爬，爬呀爬，曾聰明不敢喊累，追兵的火光，明明亮亮，越來越近。

郝優雅催促他：「你再爬快一點啦！」

曾聰明也想逃，可惜他不是爬蟲類動物，而且前面有老頭目，想快也快不了。

都怪老頭目，怎麼帶他們去肥波哥的房間？

追兵追得急，呱啦呱啦的聲音在地道裡聽起來，聲浪成了巨浪，巨浪讓人心慌。老頭目慢條斯理，偶爾還會在分岔的地方停一下，想一下，再繼續爬。爬著爬著，地道往下，坡度越來越陡，剛才嫌慢，這會兒還得用手腳抵著牆壁減緩速度。

轟隆轟隆的聲響從前方傳來，難道戰爭開始了？地道裡可以感受到炮彈爆炸的威力，四周的磚石都在搖晃抖動，土塊砂粉不斷掉落，這裡的空氣本來就混濁，現在更讓人覺得呼吸困難。

嘰哩呱啦，追兵的聲音越來越清楚，火光隱約照亮四周，曾聰明在最前面拚命的向前爬，想趕快找到出口。後頭突然傳來幾聲大喝，中間夾雜著拳擊肉搏的悶哼。敵人真的追上來了。

「你們快走，別停下來。」三官在最後頭擋著荷蘭士兵。

郝優雅回頭望了一眼，明明滅滅的光影中，

三官用腳踢，用手擋，但還是被荷蘭士兵制伏。

一個手腳特別瘦長的士兵鑽過三官，嘿嘿一笑，往前一撲，拉住郝優雅的腳，還把她往後拖。

「你放開我！」這個從小攀爬百岳，立志要環遊世界的小女孩，用她那隻沒被拉住的腳，朝著士兵的臉，狠狠的踢了下去。

喔，那一定很痛。

果然，在忽明忽滅的火光下，士兵洋洋得意的臉，突然整個扭曲變形，郝優雅的腳都還沒縮回來，他已經發出一陣痛徹心扉的慘叫。

最前面的曾聰明以為郝優雅被抓住了，正想回頭幫她，地道卻突然垂直朝下，他忍不住想抓住什麼，但那一瞬間卻什麼也抓不住，人在黑暗中，好像永遠沒完沒了的一直一直往下掉。

黑暗中，時間不好猜，像是一秒，也像是幾十秒。距離呢？有一公尺？還是一百公尺？

他不斷的放聲大叫，叫得自己暈頭轉向，最後竟然跌在一個軟軟的肚皮上。

「嘰哩咕哩哇啦啦……」

是老頭目的聲音。

這裡的空間大，也沒那麼黑，轟隆轟隆的聲音更響了。

曾聰明站起來，頭還覺得有點暈，揉揉眼睛，哈，出口就在外面，有道門關著，門縫透出外頭白花花的陽光。

曾聰明想也沒想，摸到門把，奇怪了，四百年前的地道出口，就有喇叭鎖？

荷蘭人也太講究了吧？

推開門，門外果然就是廣闊的大海。

波光粼粼，但是，不對呀，他們明明是在夜裡從地道裡爬出來，怎麼現在成了白天，還有一個聲音正在說著：

「四百年前，荷蘭人占據臺灣，就在臺南和安平分別建立了赤崁樓和熱蘭遮城……」

面前還有熱蘭遮城白牆紅瓦的模型。

模型？

那是模型？

曾聽明仔細一看，真的是模型，還是3D立體動畫。他想起來了，他本來在可能博物館上課，現在，他回來了。

同學們正聚精會神的看著動畫。

多娜老師默默的站在一旁，看了他一眼。

回來就好，回來就好，這是可能小學的課程嘛，上課時跑到四百年前的臺灣也沒什麼好奇怪的。

當他回頭看見老頭目時，也沒發現什麼不對勁。

老頭目拿著藤杖，伸手想摸那些立體的影片。真好笑，又不是原始人，連3D動畫都沒看過嗎？

原始人？沒看過？

「天哪！」曾聰明大叫一聲，「你……你怎麼跟來了？她呢？她沒回來嗎？」

「你」，指的是老頭目，老頭目應該留在四百年前，可能任務不是都這樣的嗎？

「她」，指的是郝優雅，郝優雅和他一起去出任務，不是應該要一

起回來嗎？

熱蘭遮城的影像，漸漸被安平古堡取代，原先的赤崁街和台江內海，也成了熱鬧的臺南街道，影片播到這裡結束，可能博物館的燈瞬間全亮。

就在透明球體中間，多了個手拿藤杖的謝老樹。

而博物館裡，果然也少了一個紅髮女孩郝優雅。

曾聰明急忙打開門，門外是可能小學來自地中海的貝殼沙灘，好多小孩在堆城堡，好多小孩在玩沙灘排球，還有幾隻阿爾卑斯山雪兔，牠們戴著墨鏡，穿著比基尼在沙灘邊晒太陽。

曾聰明發現，他逃回來的地道不見了。

「嘰哩咕哩哇啦啦……」

老頭目看著外頭的景象，拿著藤杖衝到了沙灘，他手舞足蹈，哇啦啦的又唱又跳。

曾聰明衝向多娜老師身邊拜託她：「老師，你……你要救她。」

「救誰呀？」

「郝優雅呀！」

多娜老師翻開點名簿，用原子筆在簿上搜尋：「郝優雅？學生名單沒有她呀！」

曾聰明把點名簿搶過來。「不可能，她明明和我一起去四百年前的臺灣，我們差點兒被荷蘭士兵抓到，是老頭目帶我們回來……」

他突然安靜了，因為多娜老師的點名簿上，真的沒有「郝優雅」這三個字。

「你在做夢嗎？本來就沒有什麼好優雅、好文雅的人。」

曾聰明指著老頭目說：「那他呢，他也是我做夢做出來的嗎？他來自四百年前的臺灣，是新港社的頭目，他手裡拿的那根藤杖上刻著……」

「VOC三個字母對不對？」多娜老師接過他的話，「VOC是荷蘭東印度公司的簡稱。」

「那就證明我真的去過四百年前的臺灣。」

多娜老師笑著拍拍他的肩說：「你這孩子怎麼回事啊，謝老樹頭目就住在博物館，這件事大家都知道。他本身就是博物館的一部分，那根藤杖也是收藏品之一，上課時我有交代呀……」

多娜老師說一句，圍觀的同學就大叫一句：「沒錯呀，沒錯呀。」

聰明的曾聰明，頭一回覺得好無助，大家的答案都一樣，沒見過郝優雅，沒聽過郝優雅。

彷彿她本來就不在這間學校就學，彷彿本來就沒有這個人。

那……她在哪裡？

絕對可能任務——

親愛的小朋友，讀完這本書，
是不是覺得郝優雅和曾聰明的
驚險之旅很好玩呢？
想參加嗎？
先完成闖關任務吧！

任務1 哪裡不一樣？

左頁的圖是荷蘭時代的地方會議現場。
不過，怪怪的耶，怎麼覺得哪裡不太對勁？
喔，多娜老師也說不上來，你能幫幫多娜老師，
把不該出現在這個時代的東西圈起來嗎？

任務2 勇闖荷蘭迷宮

生活在荷蘭時代的人到底會遇上什麼事？想知道自己對荷蘭時代的認識有多少嗎？勇敢闖進來吧，這裡頭走道縱橫，一定要仔細找對方向。別擔心，只要你把書看熟，就能勇闖荷蘭迷宮，找到出口喔！

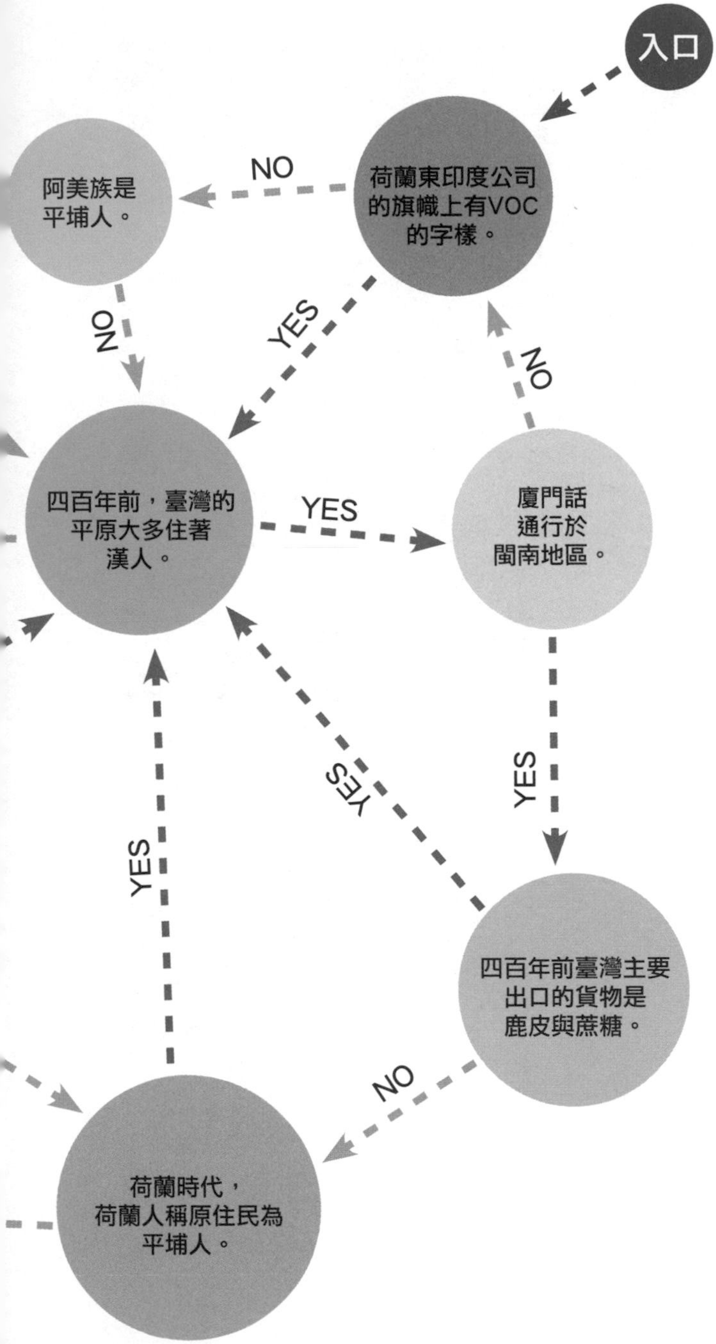

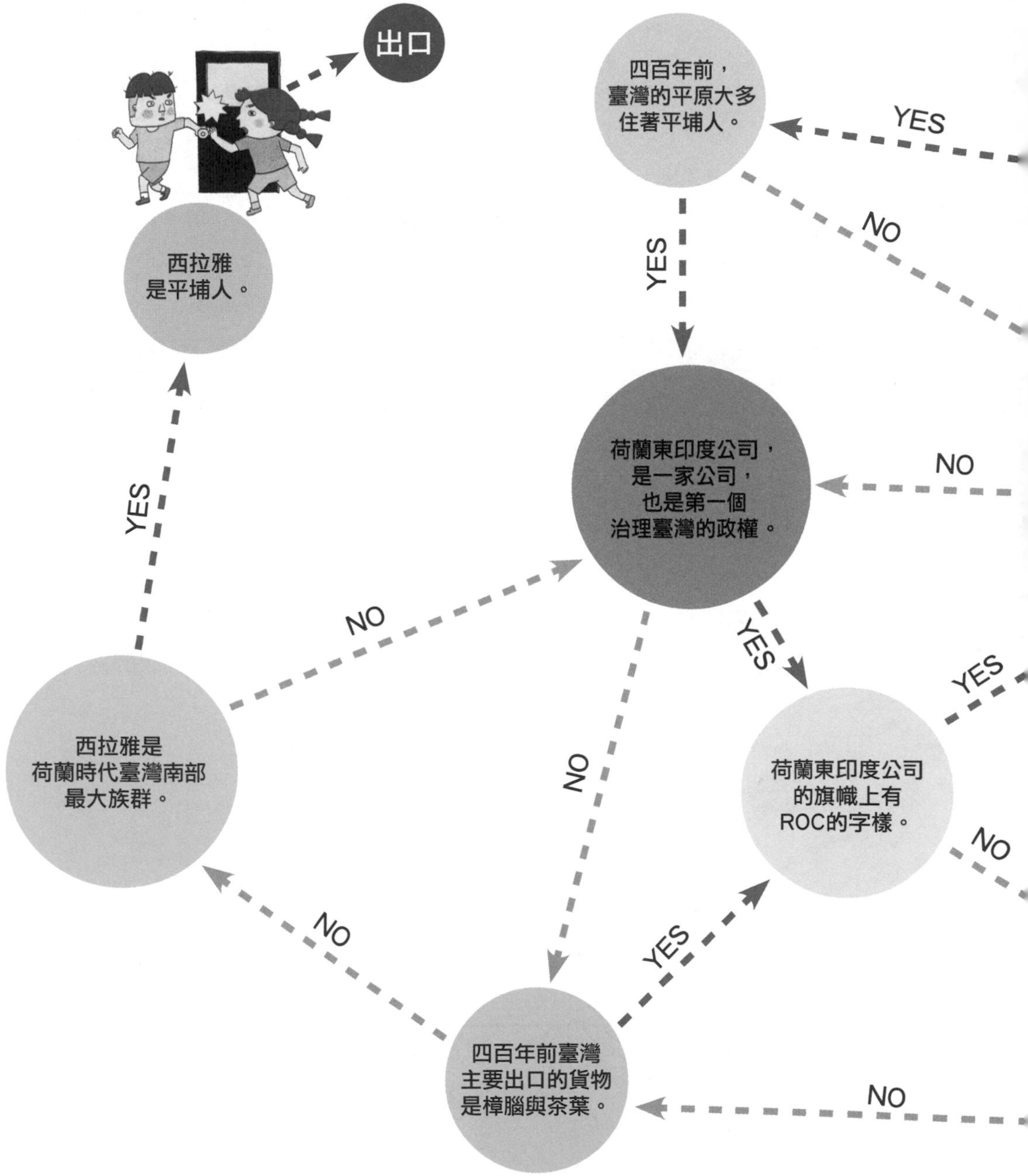
出口
四百年前，
臺灣的平原大多
住著平埔人。
YES
NO
YES
西拉雅
是平埔人。
YES
荷蘭東印度公司，
是一家公司，
也是第一個
治理臺灣的政權。
NO
NO
YES
YES
西拉雅是
荷蘭時代臺灣南部
最大族群。
NO
荷蘭東印度公司
的旗幟上有
ROC的字樣。
NO
NO
YES
四百年前臺灣
主要出口的貨物
是樟腦與茶葉。
NO

赤崁樓

西元1653年荷蘭人興建普羅民遮城，鄭成功入臺後改為承天府治。現在的赤崁樓是荷式城堡遺跡和清式閣樓建築共存。

淡水紅毛城

西元1642年，荷蘭人驅逐了西班牙人，在舊址重建該城，臺灣人稱荷蘭人為「紅毛」，因此「紅毛城」之名也沿用至今。

任務3 謝老樹大鬧攝影展

謝老樹參觀荷蘭時代建築攝影展，一時興起，把說明牌換了位置。工作人員要謝老樹把說明牌歸回原位，你能幫謝老樹找找，應該怎麼排列才對嗎？

澎湖荷蘭城遺址

西元1622年荷蘭人在澎湖風櫃尾蛇頭山建城，後來明帝國以武力為後盾，要求荷蘭將城堡拆除，退到不受明帝國管轄的臺灣。現在遺址上已經沒有城堡，不過因其歷史意義，已被列為是古蹟。

安平古堡

安平古堡就是荷蘭時代的熱蘭遮城，當年的熱蘭遮城是荷蘭東印度公司大員分公司所在地，是荷蘭在臺灣的統治中心。

（圖片提供／吳梅瑛）

任務4 曾聰明的冒險地圖

回到現在的曾聰明，想不起來到底去過荷蘭時代的哪些地方。他記得他和郝優雅先到了謝老樹的部落，因為郝優雅被抓走了，於是他去找郭大爺幫忙，最後在十族大會上遇到郝優雅公主，最後，他們兩個一起跑進城裡……

謝老樹、郭大爺住在哪裡啊？十族大會又在哪裡舉行？郝優雅被抓到哪裡去見荷蘭長官啊？

這是一張現代臺南的地圖，上面標出了以前的地名，你能夠幫曾聰明把這些地方連起來，並且畫出他的冒險路線嗎？

新港社
安南區
油車行
永康區
北區
中西區
熱蘭遮城
安平區
赤崁街
赤崁城
東區
南區
謝老樹的部落
郭大爺的村子
十族大會會場
郝優雅見到荷蘭長官的城堡
謝老樹挖的城堡地道

解答

任務1．哪裡不一樣？

答案：山上的高壓電塔

天空的飛機

曾聰明手上的手機

肥波哥戴眼鏡

郝優雅手上的皮包

任務2．勇闖荷蘭迷宮

答案：

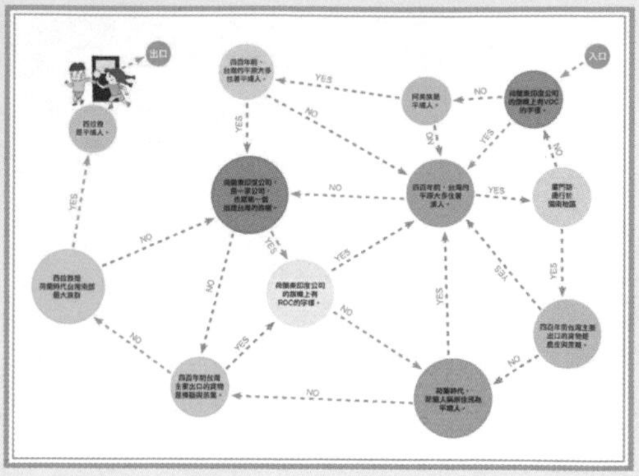

任務3．謝老樹大鬧攝影展

答案：

淡水紅毛城

赤崁樓

安平古堡

澎湖荷蘭城遺址

任務4．曾聰明的冒險地圖

答案：

謝老樹的部落：新港社

郭大爺的村子：油車行村

十族大會會場：赤崁街

郝優雅見到荷蘭長官的城堡：熱蘭遮城

謝老樹挖的城堡地道：赤崁城

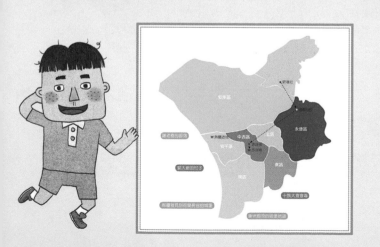

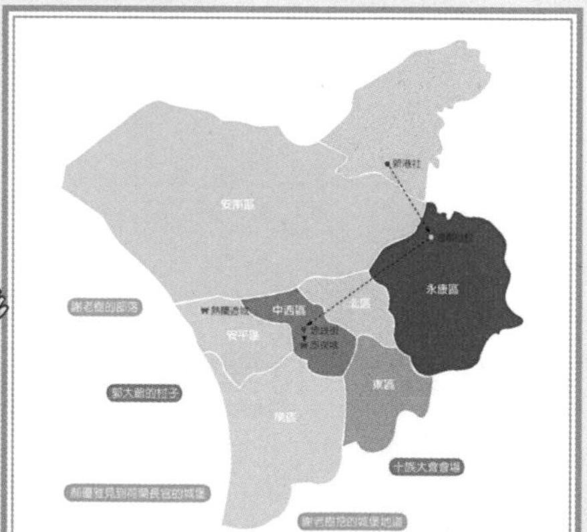

作者的話

臺灣歷史百萬小學堂

王文華

「歡迎光臨！」對面的白髮爺爺，手裡的枴杖上刻著VOC。

我心裡一陣奇怪，歡迎什麼呀？

「你有三次求救機會，call out，現場民調或是翻書找答案。」

「這……這是百萬小學堂？」

「不，」右手邊的爺爺穿著盔甲，「是臺灣歷史百萬小學堂。」

「可是我沒報名？」

「既來之則安之。」盔甲爺爺說，「第一題我問你，請想像出四百年前的臺灣。」

「四百年前的臺灣雞會生蛋，鳥會拉屎，對了，還有很多喔喔喔的印第安人出來。」

盔甲爺爺搖搖頭：「印第安人在美國，臺灣的原住民分成很多族，荷蘭人最常接觸的是西拉雅人。」

「是是是，」我重新再想一遍回答：「四百年前，臺灣島上，原始森林密布，平原上梅花鹿成群，島上居民怡然自得，那時的天是藍的，地是綠的，藍汪汪，綠油油。

對了，四百年前，海盜顏思齊把臺灣當成基地，躲官兵、藏寶物，不過，顏思齊不厲害，厲害的是他手下的鄭芝龍。鄭芝龍有經營管理的頭腦，把打家劫舍的海盜船隊，帶隊投降明帝國，當起水師，在明帝國與清兵爭天下的年代，鄭芝龍在福建與臺灣、日本間，迅速擴張自己的力量，想要在臺灣附近經商的船隊，不管是漢人還是西洋人，都得聽他的話。」我一口氣說完。

兩個爺爺很高興：「你懂了，可以開始了。」

「現在才開始？」

「第一題來啦，沈葆楨來臺灣，為什麼臺灣的羅漢腳仔都很高興？

一、沈葆楨開山撫番，開闢三條東西橫貫步道。

二、沈葆楨建炮臺防範日本，像億載金城。

三、沈葆楨請清廷廢掉禁止人民來臺令。」

「嗯，這個嘛……是一嗎？」

白髮爺爺搖搖頭。

「難道是二？」

盔甲爺爺笑一笑。

「不會是三吧？」

左手邊還有個爺爺打瞌睡。

我想不出來，只好要求：「我要 call out。」

我拿出手機趕快撥給爸爸，他對臺灣歷史熟。可是我爸手機沒開。

我再撥給我們學校校長，他年高德劭，對臺灣一定也……

……嘟……嘟……這是空號，請重新撥號……

「時間快到了。」白髮爺爺提醒我。

我靈機一動：「我撥給誰都可以嗎？」

他點點頭。

「請問您電話幾號？」

白髮爺爺沒料到這一招，他笑了：「我直接告訴你吧，是三，廢掉禁令，婦女可以來臺灣，羅漢腳仔也能娶媳婦，大家都高興。」

「好啦，第二題來了，」盔甲爺爺拍一下桌子，「下列物品，哪樣是臺灣最早的世界第一？樟腦、筆電、腳踏車、網球拍、鹿皮或蔗糖。」

「不公平，哪有一次給這麼多選項。」

盔甲爺爺又拍了一下桌子，桌子垮了。

「想當可能小學五年級社會科老師，就得闖過小學堂。」

「我……」我想不出來，「我要求救，民調。」

「你調吧！」他坐回去，翹著腿，抖呀抖的，椅子現在也岌岌可危。

「選一的請舉手。」

兩個爺爺舉手；第三個在點頭，點頭不是贊成，因為他在打瞌睡。

「能請他認真一點，不要再……再睡了？」我指指瞌睡爺爺。

「我們只問自己，不管別人。」

「那，選二的請舉手。」

又是兩人舉手，一人點頭。

「選三的……」

又……

「我不玩了，你們每樣都舉手，我怎麼過得了關？」

「那我們每樣都不舉手，行了吧。」白髮爺爺說到做到，後來的選項他雙手放在頸後，一臉優閒。

民調不可信，我只能自立自強，不會是筆電，因為球鞋和網球拍比他們更早，不會是蔗糖，巴西蔗糖更多，那鹿皮和樟腦？

「我選樟腦，鹿皮好像很多地方也都有。」

白髮爺爺搖搖瞌睡爺爺：「該你了，臺灣在清帝國時樟腦世界第一他猜出來了。」瞌睡爺爺留著八字鬍，說話像個外國人。

「日本時代有句諺語，叫做第一憨種甘蔗給會社磅，日本人收購甘蔗的價格低到離譜，讓農民入不敷出，有時連肥料錢都不夠，結果引起什麼事件，變成了臺灣農民運動的起源？」

「選項呢？」

「剛才你嫌多，現在都取消了，快回答，你有三十秒。」

「我……」我想起還有一個求救，「我要翻書找答案。」

「請！」

「這裡沒書。」

「你得自己想辦法。」

「我要抗議。」

「抗議不成立，而且時間到，你闖關失敗，明年再來。」

「我不……我……你們至少提供書讓考生翻呀。」

盔甲爺爺瞅了我一眼：「受不了你，拿去吧，看完，明年再來考吧。」

就這樣，我被推到門口，我低頭看看手裡的書：【可能小學的愛臺灣任務】。

「讀這書可以當臺灣史的老師？」

「真的嗎？」

「這……」

於是我翻開書，進入愛臺灣的任務……

審訂者的話

發現歷史的樂趣

吳密察／國立故宮博物院院長

學校裡的歷史教科書，似乎總是不太有趣。要不是淨是一些人名、年代、戰爭、條約、制度，需要背誦記憶的零碎資訊，就是一些太過簡化的經濟貿易、社會結構之敘述。從內容來看，歷史教科書裡的歷史大都是大人們，尤其是（偉）大人物們的事業功績、思想作為，或者是國家、社會之結構和發展上的大事。對於孩童來說，這都未免太難以理解，或是太沉重了。況且，教科書的分析常失之簡化，甚至還經常是在極端簡化的分析之後，做了非常具有意識型態或道德的評斷。

其實，歷史原本應該是相當有趣的。因為歷史雖然是確實存在過的「過去」，但是這些「過去」卻必需要經過人為的挑選與組合，甚至解釋，才能夠重新被認識。因此，歷史是要靠人去「發現」的，甚至還可以說是要靠人去「製作」的。

當然，歷史並不是被恣意的「發現」、「製作」的。「發現」與「製作」歷史的過程，需要有材料（史料），也需要有技藝（方法），當然還自然會存在著「發現者」、「製作者」的意識型態。這種「發現」、「製作」出來的歷史，是一個可以被檢證與討論的，具有理路脈絡的「論述」。它不但有類似某人姓啥名誰的這種純粹事實，也有根據史料的推理臆測，也有被容許範圍內的想像，當然還有價值判斷。因此，歷史應該是非常吸引人的一種知識和知識的探索工作。但是我們的歷史教科書卻難以引領學生思考，只提供一些經過編寫者選擇而且做出評斷的「史實」，讓學生只能被動的接受和記誦這些教科書所給的資訊和結論。於是，我們想要用比較有趣的體裁（文學、電影……），來補助歷史教科書的不足，或「解救」歷史教科書的無趣。

對於兒童來說，自從有了腦筋急轉彎、周星馳式的無厘頭喜劇大行其道、哈利波特式的奇幻小說電影舉世轟動之後，小說、電影人物不但可以穿梭不同時空，也可以轉換成各種異形，大大的擴展了想像空間。

孩童的閱讀世界，甚至日常生活的行為、言談，也呈現各種新的型態和流行。腦筋急轉彎、無厘頭、搞笑、KUSO……，相對於持平莊重、按部就班、娓娓道來這些顯得古色蒼然、枯燥無趣的表現方式，便新鮮活潑而且變得討好了。

不過，這種虛虛實實、虛而又實實而又虛、來去於未來與過去之間、乎焉在此又乎焉在彼的孩童讀物，如何來陳述歷史呢？由作者選出一些「歷史事實片段」嵌入小說情節當中，這個方式也容易出現歷史斷片化或過度簡化的情況。這套書的解決方式是以穿插書中的「超時空報馬仔」和書後的「絕對可能任務」提供的歷史知識來加以調和。

即使如此，這仍然是屬於作者所製作和發現的歷史。我倒是建議家長們以此為起點，引領孩子想一想：

- **小說與歷史事實的差異在哪裡？**
- **哪些是可能的，哪些不可能？**
- **還有沒有別的可能？**

小說和歷史的距離，也許正是帶領孩子進一步探索、發現臺灣史的一種開始。

推薦人的話

超時空報馬仔

柯華葳／中央大學學習與教學研究所榮譽教授

時間是抽象的，而存於時間中的人物對兒童來說是模糊的。我們曾經研究學童對一些叫得出名號的歷史人物有多認識，結果發現，對兒童來說，這些人物是故事中的主角。以媽祖和關公為例，多數孩子見他們在廟裡端正坐著，接受善男信女膜拜，雖讀過一點三國演義以及課本中林默娘的事跡，還是不很確定他們是真人，更不用說人、神之分。當輔以照片，大多數學童則以外貌，如鬍鬚、衣著、髮型判斷誰最有年紀，忘了他們的時空背景。

事實上，人物、事件與背景是歷史和故事都必須有的元素。歷史與故事的差異不大，這也是歷史吸引人，可以不斷的被轉化成電視劇、電影甚至電玩的原因。不過，當故事說：「從前，從前……」，對說故事和聽故事的人來說，只是一個開場，但對歷史來說，那就是學問了。在時空條件下，根據史料，詮釋歷史事件的原因和影響是讀歷史需要的訓練。當然，這當中避不開詮釋者受本身條件的影響。就像在歐洲重要博物館中有許多聖母瑪利亞的畫像。由瑪莉亞身上的穿著，可以看出畫家所處的年代以及當時有的顏料。十三世紀畫家給世紀初的瑪利亞穿上十三世紀的衣服，十五世紀畫家則給她穿十五世紀的衣服。我們讀歷史也會以今釋古。

但是對兒童來說，今古不分外，他們也不容易分辨傳說、故事與史實。因此閱讀歷史更顯其重要性。閱讀歷史，一方面在認識前人的作為，對世界各地、各種文化與其變遷有所認識。另一方面認識時序脈絡、空間因素和歷史事件的關係，進而理解不同世代的人對同一事件可能會有物換星移，很不一樣的見解，例如不同時代所撰寫秦始皇的功與過。不過讀史最重要的是，認識自己與歷史的關係，不論是解釋歷史或是以史為鑑。這大概是歷史教育的至終目標。

【可能小學的愛臺灣任務】寫的是荷蘭、鄭成功、劉銘傳和日治時代的臺灣。作者王文華以故事說歷史，其中有真人真事，也有虛擬的人，還有作者自己的解釋以為串場，將史料連結，讓學生更生動有趣的閱讀。而為幫助學生不至於只見故事不見史，作者整理與設計了「超時空報馬仔」，把與故事有關的史料一併呈現。兩相對照閱讀下，我們期許小讀者認識自己生長的土地，是許多有活力、勇敢、視野寬廣的前人生活過的地方。更期許小讀者慢慢養成多元的觀點，學著解釋這些過去與自己的關係，找著自己安身立命的根基。

推薦人的話

愛臺灣，從認識臺灣開始

林玫伶／前臺北市國語實小校長、清華大學客座助理教授

「深耕本土、迎向世界」，是臺灣主體教育的重要理念。新一代不能只對唐堯虞舜夏商周倒背如流，卻對臺灣的荷西、明鄭、清領、日治搞不清楚；新一代不能只知道拿破崙、羅斯福，卻沒聽過有「鄭氏諸葛」之稱的陳永華，或是對臺灣近代化有重大影響的沈葆楨。

認識臺灣，是一種尋根的歷程，是一種情感的附依，更是一種歷史感的接軌。我們教育下一代要對在臺灣這塊土地的人民同等尊重、兼容並蓄，可知臺灣不論在哪個時代，早就同時存在不同類型的文化。多元文化的擦撞與妥協、衝突與融合，早已是臺灣歷史的一大特色。

我們教育下一代要有國際觀、放眼世界，可知臺灣這個海島資源有限，每個時代都與外界關係密切，重視貿易、國際競逐，早已是臺灣歷史的重要一頁。

歷史絕不只是寫「死人的東西」，它活生生的與我們文化、思想、行為、生活產生交互作用。生為臺灣人，認識臺灣本來就不需要理由，如果需要，那麼，我們或許可以這樣說：「它告訴我們這塊土地的故事，它的過去，正不斷影響我們的現在和未來！」

然而，許多孩子只要一聽到歷史就想打瞌睡，除了教科書上堆砌著無聊的年代、人名、地名外，歷史的長河被壓縮成重要的大事件記，一兩頁就道盡數十、數百甚至數千年的光陰流轉，難以讓讀者產生感動，更遑論貼近這片土地的共鳴。

很慶幸的有這套專門為孩子寫的臺灣史，作者以文學的形式描繪歷史，不僅在敘述上充滿懸疑的故事、冒險的情節，容易讓孩子產生閱讀的樂趣；另一方面，作者各選定荷西、明鄭、清領、日治四個時期的某一段史實，透過兩個主角的跨時空體驗，能讓讀者身歷其境，腦中勾勒出活跳跳的畫面，有助於現場感的沉浸、對過往同情的理解。相較於一般臺灣史故事的寫法，本套書雖然以較長的篇幅，描述類似斷代的生活故事，但對孩子而言，激發對史實的興趣、提煉深刻的思考，都比灌輸知識更有意義。

愛臺灣的第一步，無疑從認識臺灣開始。孩子學習臺灣史，對臺灣的關懷與熱情將更有著落，對土地的尊敬與謙虛將更為踏實；而要讓孩子「自動自發」認識臺灣史，那就給他一套好看、充實又深刻的臺灣史故事吧！

可能小學的愛臺灣任務 1

真假
荷蘭公主

作者｜王文華
繪者｜徐至宏
圖片提供｜小草藝術學院、吳梅瑛、張淑卿

責任編輯｜張文婷．李寧紜
特約編輯｜吳梅瑛．劉握瑜
封面設計｜李潔
美術設計｜蕭雅慧．丘山
行銷企劃｜翁郁涵

天下雜誌群創辦人｜殷允芃
董事長兼執行長｜何琦瑜
媒體暨產品事業群
總經理｜游玉雪
副總經理｜林彥傑
總編輯｜林欣靜
行銷總監｜林育菁
副總監｜李幼婷
版權主任｜何晨瑋、黃微真

出版者｜親子天下股份有限公司
地址｜台北市 104 建國北路一段 96 號 4 樓
電話｜（02）2509-2800　傳真｜（02）2509-2462
網址｜ www.parenting.com.tw
讀者服務專線｜（02）2662-0332　週一～週五：09:00~17:30
讀者服務傳真｜（02）2662-6048　客服信箱｜ parenting@cw.com.tw
法律顧問｜台英國際商務法律事務所．羅明通律師
製版印刷｜中原造像股份有限公司
總經銷｜大和圖書有限公司　電話：（02）8990-2588

出版日期｜ 2022 年 12 月第二版第一次印行
2024 年 8 月第二版第三次印行
定價｜ 350 元
書號｜ BKKCE029P
ISBN ｜ 978-626-305-337-3（平裝）

訂購服務
親子天下 Shopping ｜ shopping.parenting.com.tw
海外．大量訂購｜ parenting@cw.com.tw
書香花園｜台北市建國北路二段 6 巷 11 號　電話（02）2506-1635
劃撥帳號｜ 50331356 親子天下股份有限公司

立即購買 >

國家圖書館出版品預行編目資料

真假荷蘭公主/王文華文 ; 徐至宏圖. -- 第二版.
-- 臺北市 : 親子天下股份有限公司, 2022.12
152面 ; 17×22公分. --
(可能小學的愛臺灣任務 ; 1)
注音版
ISBN 978-626-305-337-3(平裝)

863.596　　111015695